CARPE DIEM《カルペ・ディエム》
今この瞬間を
生きて

ヤマザキマリ

X-Knowledge

プロローグ

「あたかもよくすごした1日が安らかな眠りを与えるように、よく用いられた一生は、安らかな死を与える」

これはレオナルド・ダ・ヴィンチの残した言葉です。私生児として生まれたダ・ヴィンチは、自然豊かなヴィンチ村で様々な地球上の現象に好奇心を抱き、表現者になってからも森羅万象への探究心を抱きながら積極的に人体解剖を行ったり、人間という生物を俯瞰で観察しつつ、時には彼の不可解な行動が問題視されるなど波乱万丈な人生を送ってきた人物です。

彼が果たしてこの言葉通りの死を迎え入れられたかどうかは本人のみぞ知るところですが、少なくともダ・ヴィンチは与えられた命と、人間としての特性である知性を出し惜しみなく稼働させてきた人であることは確かです。私にとってのダ・ヴィンチは、自分が人間という生物として生まれてきたことをどこかで面白がりながら生きてきた人であり、知性や表現という、他の動物にはない機能を、常に試行錯誤しながら命を全うした人という印象があります。
そんなダ・ヴィンチの言うところの「よく用いられた一生」というのは、合理的かつ快楽と幸福感ばかりを優先した生き方ではなく、人として備えているあらゆる感覚や感情を駆使しつつ、人間として成熟させた生き方という意味だと私は捉えています。

最近ヴィオラ奏者の母が89歳で他界しましたが、彼女は地元の音楽教師として、野生の馬さながら最後まで激しく動き回っていた人でした。母の葬儀に代わる追悼コンサートでは90名もの音楽関係者による大オーケストラが結成されましたが、最年少は13歳の中学生で、その子が母の一番最後のお弟子さんだと知らされました。病気で倒れて入院しても、時にはお弟子さんを病室に呼んでレッスンをしていたそうですが、このように最後まで音楽のために人生を奔走していた妥協のない母は、自らの老いの兆候すら吹っ飛ばす勢いで過ごしていたに違いありません。

彼女の愛犬だったゴールデンレトリバーも大型犬にしては珍しく享年は19歳でしたが、エネルギー溢れる老犬をエネルギー溢れる老女が毎朝近所を散歩している姿はかなり強烈なものがあったようで、地域の名物的光景となっていたそうです。

長生きだの若さだのといったことを意識するゆとりもないような生き方をしていた母は、自分という人生を十分に謳歌して終えることのできた人であり、それを実感していた私も、そして残された多くの関係者たちも、母の死からもたらされたのは、悲しみや喪失感よりも圧倒的にポジティヴなエネルギーでした。コンサートの後はただただすごい映画を見た後のような感動の余韻が残るばかりで、老いや死を一概に否定的なものとして捉えてばかりいるのはおかしい、という気持ちがより一層強くなりました。

今回皆さんにお読みいただくこの本の企画は随分前からいただいていたのですが、当初の老いや死に対する私の見解も、コロナ禍やこのような母の死を経て質感を増したような気がしております。あれこれ余計なことを考え過ぎることなく、頭に湧き出てくるあらゆる思いをそのまま全てまとめてみましたが、ぜひ皆さんの死生観や老いに対する思いと比較したり重ね合わせてみたりしながら、会話を交わすような気持ちでお読みいただけたらと思います。

目次

第1章 生きて死ぬ摂理

第2章

老いの価値

第3章 善く生きる

第4章 私の老い支度

第5章 母を見送って

装丁　田中俊輔
本文デザイン　平野智大（マイセンス）
写真　山崎デルス
構成　古谷ゆう子、日高あつ子
編集協力　小倉優子
ヘアメイク　田光一恵
スタイリスト　平澤雅佐恵
編集　加藤紳一郎
印刷　シナノ書籍印刷

ヤマザキさん衣装
シャツ¥71,500 スカート¥57,200(共にワイズ/ワイズ プレスルーム03-5463-1540)
リング¥17,600(ジェム・キングダム/アッシュ・ペー・フランスwww.hpfrance.com)

第1章

生きて死ぬ摂理

延命と若返りに拘りを持つ生物、人間

なぜ私たちは老いや死に対して大きな拒絶感を抱いてしまうのでしょう。テレビや雑誌では頻繁に老いの防止策や長生きするための特集をしていますし、映画やドラマを見ても、原ひさ子さんや北林《きたばやし》谷榮《たにえ》さんのようなお婆ちゃんらしい顔をした女優さんはほとんど見かけません。自然のままに年齢を重ね、死んでいくという地球上の摂理と言える現象に抗っている、そんな生物は人間だけです。と同時に、生きることにこれだけの愛着や喜びを見出している生物も人間だけでしょう。だから、皆若く長生きでいたい、ということになるのだと思います。

生きることに前向きになれるのであれば、それに越したことはありません。大いに若々しく、人生を謳歌するのは人の自由です。

でも、そうした人工的な操作による心地の良さに浸れば浸るほど、老いへの恐怖や確実に訪れる死への拒絶感が増長していく可能性もあります。

私たちはなぜか皆足並みを揃えて、若さと延命の信者となっていますが、私はどちらかと言えば、ありのままの人間としての生態を擁護したいと思っています。地球が決めたルールに則って、地球上に生きるその他大勢の生物と同じ様に、生きて死んでいく。そういう意識を腹に据えた方が、ずっと毎日を大切に、そして潔く過ごせる様な気がします。

人間は自分たちの存在に少し驕《おご》り過ぎている傾向がある様に思います。群生の生き物である人間は集団という社会機能を掌《つかさど》らなければなりません。そのために、若くて元気な人が多い方がいいのはわかります。若作りや長生きが推奨される根底にはそうしたファクターも関係しているのでしょう。

ただ、脳が特化して発達しているからといって、知恵があるからといって、自分たち人間が地球上で最も特別な生物であり、従っていつまでも長生きをするべきだという驕りを持つのは、どうもいまひとつ納得がいきません。

人間だけが優勢の生物と捉え、「人間を襲う生き物は、悪い生き物だ」と自分たちを中心に決め付けることに対して、私はいつも抵抗感を覚えています。例えば人や家畜にとって危険なクマを殺すことを「クマを駆除する」という言い方をします。家畜や人間を襲うクマを正当化しているわけではありませんし、クマは確かに危険です。生物同士の生存を巡っての戦いと捉えればそれは致し方ないことと思いますし、その場合はほとんど人間の知恵の勝利となるでしょう。

しかし、その戦いに対し、相手であるクマを殺すという言葉を使わないのは、どうも都合が良すぎる話です。自分たちの様に知恵を持たず、本能だけで生きている生物の立場を慮《おもんぱか》れない人間の横柄さが現れている言葉のように感じます。

「ウイルスは敵だ。制圧する」という姿勢も、それですら人間至上主義的発言の様に思えます。ウイルスと戦う、はありだとしても、制圧というのはさすが地球で一番支配欲の強い生き物の言うだけのことはあります。

なぜ人間だけが、地球上でどんな生物よりも長生きしないといけないのでしょうか。私たち人類は様々な自然と折り合いをつけ、様々な試練を乗り越えてきましたが、それが特別なことなのかと言うと、私にはそうは思えません。地球上には私たち人間よりももっとハードルの高い困難を乗り越えて、太古の昔から遺伝子を残し続けている生き物は、例えば昆虫など、いくらでもいます。とにかく人間は自分たちが特別な生物であり、どんな他の生物よりも生き延びていく権利があるという驕りについて、もっと客観的に考えてみる必要がありそうです。

死ぬこと＝不吉な出来事、ではない

私たちは自分たちの命を脅かす疫病に大騒ぎをしているけれど、地球にとっては人間の方がむしろウイルスのような存在なんじゃないだろうか、などと考えることがよくあります。

46億年の歴史の過程で現れたホモ・サピエンスはその知恵を駆使して、生き延びるための試行錯誤を繰り返してきましたが、その知恵が如何《いかん》せん暴走気味になりつつあるように感じています。

物理的破綻か、または精神的破綻によるものか、どちらにせよ私たちが今感じている生きる息苦しさは、決してウイルス騒ぎだけが起因になっているわけではありません。

「昔、人間という生物が地球に生息していたけどすぐ絶滅したらしいね」となる可能性は無きにしも在らず。

ホモ・サピエンスは地球上において最も支配性の強い生き物だそうですが、お腹を空かせたクマやシャチと丸腰で向き合ってしまえば、そんな支配力もたちまち萎えてしまうでしょう。

パンデミックにせよ、シャチにせよ、地震にせよ、私たち人間が思いも寄らない自然界の現象を前にして感じる不安や恐怖は、まさにそうした驕りと自負によって生み出されているように思います。

自分たちの生をあまりに特別なものだと思い込み過ぎるあまり、死ぬことが、いつの頃からか〝あってはいけない不吉な出来事〟的な扱いになってしまっているのも、私にとっては甚《はなは》だ疑問です。

人間は他の動物と違い、知恵の力を借りて人生に楽観的なデコレーションを施すのが得意な生き物です。それはそれで人間という生物の特性であり、生きる気力を保つための努力だと思えば決して悪いことではありません。ただ、生まれてくるということは死というゴールに向かって歩んでいるという、宇宙の法則や意識から常に背いて生の業ばかりにしがみつき続けてしまう、この傾向はむしろ私たちを生き難くしている理由になっているのかもしれません。

●カブトムシに学ぶ

東京の私の家にはイタリアから連れてきた猫と、10歳の金魚1匹、そして何匹かの昆虫がいます。一時は、飼っていたカブトムシが産んだ53個の卵が羽化するまで育てたため、えらいことになってしまいました。

数年前の夏の終わり、土を入れた水槽の底で、小さな幼虫がびっしりうごめいているのを見つけたときは、思わず昆虫好きらしからぬうろたえの叫び声を発してしまいましたが、すぐに冷静になり、大きな衣装ケースと腐葉土マット50リットルを購入し、ケースに土を敷き詰め、せっせと幼虫を移し替えて育てました。

彼らの生態はじっと眺めていると大変興味深いものがあります。卵から幼虫になり、サナギになり、成虫になり、交尾をして、卵を産み、またそれが幼虫になり、サナギになり、羽化して……というルーティンを飄々《ひょうひょう》と繰り返していくわけです。

●生は常に「死」と隣り合わせ

私たち人間と違い、彼らの生きる目的はとても実直です。それはつまり「遺伝子を残していく」こと。死ぬことに対して足掻《あが》いたり悲壮な感慨に陥ったりすることなど彼らにはありません。死に向かって生きている潔さがあるとでも言ったらいいでしょうか。

皆全てを受け入れ、生まれて生きて、黙って死んでいく。羽化したカブトムシたちの中には、虫かごのあるベランダから目の前の渓谷に向かって飛んで行く途中、上空から飛んできたカラスに食べられてしまったものもいました。だからといって「ああ、オレの人生はなんて哀れだったのだろう」などと感じているわけもありません。もし私たちにはまだ理解できていない、昆虫なりの知恵があるとすれば事情はまた違ってくるでしょうけれど、私が見る限り、カブトムシは生まれてくるということは死と背中合わせだということをきっと我々人間よりしっかり本能で理解しているはずです。

カラスに連れ去られたカブトムシを見て、せっかく生まれてきたのに、なんて哀れなことだろうなどと感じるのは、人間が、自分たちの倫理観で作った一方的な解釈でしかないのです。

そんな彼らの生態を見ていると、人間も彼らと同じとは言いませんが、もっと当たり前の現象としての死を認識するべきですし、その訓練を子供の頃からしておいた方がいいのではないかと思うのでした。

●生き延びるための闘い

考えてみれば「生まれてきたこと、そして長生きすること、イコール〝良いこと〟」

というふうに考えている生き物は人間だけで、他の動物にはそんな感覚は備わっていないでしょう。

生き物はそれぞれの個体によって動く時の酸素消費量も脈拍も違います。どの動物も大抵15億回脈拍を打つと寿命が来ると言われているそうですが、人間であれば27歳が脈拍15億回目と言われていて、そう考えると食生活や医療の進化で皆とても長生きをするようになったわけです。これも知性を持った生き物としての特徴と言えるかもしれませんが、他の動物には自らの寿命以上の延命への欲求や執着はありません。

そして、この世への誕生を、おめでたいことと捉えているのも、人間だけだと思います。他のどの動物も自分たちの遺伝子が増えたことで大喜びをしたりはしていません。時々動物を扱うテレビ番組では人間目線でさぞかし動物たちも自分たちの子孫の誕生を慈しんでいるようなＢＧＭがかかったり、人間的価値観による情緒的なナレーションが入ったりしますが、動物たちにとってはこの世に生まれてくることは、その瞬間から命を継続させるための戦いの始まりでもあるのです。

我が家のカブトムシの場合、50匹が一斉に羽化をした時に何がまず最初に起きるかというと、メスを争ってのオス同士での喧嘩です。

個体差はありますが、カブトムシはなかなかアグレッシヴで、成虫になったとたんに子孫繁栄への焦燥がはんぱありません。群れの中で激しい生存競争を賭けメスを獲得しても、繁殖行動が終われば力尽きて死んでしまいます。長生きして、もっとたくさんのメスに卵を産ませるぞ、などとギラついているような奴はいません。

芋虫から成虫になったとたんにすぐに生き延びるための戦いに挑まねばならないというのは、何と過酷なことでしょう。彼らにとって生きていくことは、それだけ大変なことを意味しているのだと思います。

*

私は小さい時から昆虫に限らず、鳥や魚や爬虫類、犬や猫に至るまでたくさんの動物を飼ってきたため、生き物の死への潔さをたくさん目の当たりにしてきました。

猫は死期が近づけば姿を消す傾向があるうえ、昆虫にも死期が迫ってくるとそれなりの前兆が見られます。そんな様子を見続けてきたからかもしれませんが、その時がきたら自分も彼らのように潔く死を受け入れようと常々考えながら生活しています。

人間は生きる力を養うために、持ち前の想像力で「生きることは素敵、素晴らしい、楽しい、幸せ」などと思い込むための創意工夫を惜しみませんが、なぜか死という事態となると想像力はネガティヴな発想にばかり作用してしまいます。死がどんなものなのかわからない以上は仕方がないのでしょうけど、全身全霊で精一杯生きていたら「もうぼちぼちこんなところじゃないかな」という達成感で死を迎え入れることだってできるはずだと思うのです。

●大自然に生きる動物たちの孤独

生き物のことが大好きになった理由はとてもシンプルです。私は子供の頃、とても寂しがりやでした。それが一番の理由です。

オーケストラで指揮者をしていた父は私が赤ちゃんの時に亡くなっており、ヴィオラ奏者の母は毎日必死で働いていたので、家にいて学校から帰ってくる私たちを迎えてくれることは滅多にありませんでした。

お友達の家とは違い、私はランドセルに結びつけてある鍵で玄関のドアを開けなければならず、「お帰りなさい」を言ってくれる人もいない。そのうち、家で寂しく留守番をするよりも、外に出て行って野原とか森とかにいる方が生体反応を強く感じられ安心できることがわかってきました。人間の中にいるよりも、誰もいない森の木々などの植生の中にいる方が安心できるし、寂しさが紛れるのです。

とにかく日がな一日、時には日が暮れても私はずっと外で遊んでいました。動物や魚や虫を捕まえに行くのは皆男子なので、女子の友達はなかなかできませんでしたが、そんな人間付き合いよりも、自然の中にいる方がよほど心地良いものがありました。

北海道の大自然の中だったため、人為的に作られた公園の敷地や遊具ではものの足りませんでした。出かけていくのは原生林、そして流れの速い川といった場所。どれも危険な場所ですが、当時はそういった場所で子供達が遊ぶのは当たり前でした。

そんな大自然の中で生きる動物たちは、いつも孤独です。狐も鹿も親離れは早く、その後は一人で生きていかねばなりません。でも彼らは孤独をしっかり受け入れながら生きています。寂しいだの辛いだの文句も言わず、日々を生きています。大きさも形状も様々な生き物たちが、泳いだり地面を這ったり空を飛んだり、皆授かった命を全身全霊で生きている世界を、自分のいるべき場所だと思う方が安心できたのです。

通じ合えなくても共存できる

動物たちは人間の生き方のように理想だの目的だのを掲げるわけでもなく、ただ日々を生きている。自分の存在理由が、なんてことに拘《こだわ》っているわけでもないのに、皆毅然としていて美しい。言葉も通じなければ、意思の疎通もできませんが「同じ地球にいる生き物同士」だと思うと、それだけでもう十分元気になれます。

外で虫をいっぱい捕まえた日は、うちの中で放し飼いにしていました。トンボや蝶々や蛾やバッタは放し飼いにすると電気の方へ飛んでいくかカーテンに皆くっつきます。仕事から帰ってきた母がその有様を見て叫び声を上げたこともありましたが、彼女はそういうことで私を叱ることはありませんでした。なにせ母自身が外から捨て犬を拾ってきて「飼うしかないじゃないの、かわいそうに」などと意地を張るような人です。団地住まいのため、犬を飼うことは許されていませんでしたが、その後役所に掛け合い、小さな娘二人の留守の番犬という名目でベランダの下で飼えることになりました。

私は基本的に、生き物同士は「通じ合えなくてもいい」と思っています。飼い主に従順な犬を見ていると、気の毒な気持ちになってしまうのです。まあ、人間に寄生するのも彼らのDNAが長きにわたる経験によって身につけた生態なので、それも一つの生命力の逞《たくま》しさともいえますけどね。意識の共有やお互いの認知は、私にとって必ずしも重要なことではありません。昆虫が好きなのは、まさにそういう関係性を保てるからです。

「通じないけど共存しあえる。通じなくてもお互いを牽制し合わない、非難もない。同じ大気圏内に生きているということだけで、尊重し合っている」という感覚が心地良いのです。

ミツバチは人間に勝る社会組織構造をつくって生きています。私も漫画に描いた古代ローマの博物学者プリニウスは、「ミツバチは、同じ仲間同士であれだけ密集して暮らしているのに、争ったりすることはない。人間よりよほど優れている」と記して、この昆虫を大変リスペクトしていました。

昆虫と我々人類は身体性能から何から何まで違うわけですが、分かち合えることがあるとすれば、それは大気圏内でなければ生きていけないという点だけでしょう。ペットと違い、昆虫は我々人間の存在をその仕草や態度で示してくれることもなければ、餌が欲しいと媚びてくることもありません。とにかくベクトルの何もかもが重なり合いません。でもそこがいいのです。

昆虫とそんな付き合い方をしてきたことが、私が14歳で欧州に一人で旅に出かけたり、17歳で一人でイタリアに留学をし始めたきっかけにもなっていたりしていたと思います。過去の彼氏も今のパートナーも異国籍の人間ですが、出自も育ちも違うのがむしろ気楽でした。お互いを根底から分かり合うなんてことは求めず、「お互いの異質な生態系を敬いながら一緒に生きる」という感覚でいられるのは、幼少期の昆虫との付き合いが理由になっているからなのでしょう。

とはいえ、人間であれば誰とでも付き合えるというわけではありません。私のそばにいるのは、基本的に倫理的価値観と知性が合致できる人のみです。若い頃には随分たくさん付き合いのあった人たちともすっかり疎遠になってしまいましたが、そんなものでしょう。そしておそらくこれからも、自分と付き合いの保てる人は減少していくに違いありませんが、最終的に私が付き合っていけるのは、完結した個人として生きているような人だけになってくるでしょう。

●地球に生きること

生きていると、楽しいことだけではなく、苦しみや辛さが絶えません。現実の世界は、理不尽な事柄で溢れかえっています。でも、人間にはそんな気持ちを楽しさに変えられる想像力が備わっています。この想像力がもたらしてくれる、最も幸せに効果的な感覚は「感動」というものかもしれません。

私はかつて中東のシリアで暮らしたことがありますが、カラカラに乾燥した荒地がどこまでも続く世界では「厳しい環境でないと育めない精神の美しさや、味わえない感動がある」ことを知りました。

人生の苛酷さというものには、砂漠であろうと都会のまん中であろうとどこかで必ず突き当たるものですが、それと同じくらい、この地球には感動的要素も溢れています。一番単純で基本的な「生きる喜び」の見つけ方は、地球の贈り物を一つ一つ感じ、味わうことなのかもしれません。

私の母は、あらゆるものに「素晴らしいじゃないの」「きれいねえ、すごいわねえ」と感動する人でした。美しい夕焼けを見ただけで「泣けてくるじゃない。地球ってなんてすごいんでしょう。こんな惑星に生まれてきて良かったわ」などと、いきなり地球レベルの大仰なスケールで生きる感動を語り出すこともありました。

地球に生まれてきたことが嬉しい、というシンプルな感動は、私にもあります。太陽が出ているだけで、エネルギーがチャージされ、生物として暖かい日の光に当たっているだけで、素晴らしい恩恵に預かっているという喜びに満たされます。そうした地球の恩恵を感じられる機会を増やせば増やすほど、まあそのうち死ぬし、生きているのは期間限定だけど、それでもこんな心地になれるんだからやっぱり生まれてきてよかったな、と開き直ることだってできます。夜にはベランダから夜空を見上げて日々違った表情を見せる月や瞬く星を見ているだけでも、宇宙の広さと地球という惑星のすごさに感動を覚えます。地球という惑星に対してシンプルに感動できるようになれば、たとえ死という条件がついているとしても、生きている喜びはどんな事柄からでも無限に見つかるはずです。

●若さに価値を置くのは人間だけ

生きることへの辛さや厳しさが発生する要因には、「できるだけ長く生き延びたい」という煩悩や、「まだやってないことがいっぱいある、それを終えるまでは死にたくない」という執着が挙げられると思います。

「自分がこの世に生きている意味を見い出したい」とか、「若い時のように、生きている喜びを噛みしめたい」といったように自らに対して生きる意味を求めすぎたり、理想を掲げることもまた、ストレスが大きくなる要因になっていると感じます。

もちろんこうした自己啓発は、生きるのが辛いからこそ芽生える感覚であることもわかりますが、あまりに自分に負荷をかけ過ぎても、思い通りにならなかった時にさらに辛い思いをすることにもなりかねません。

そもそも若い時だけ、人間社会に役立つエネルギーがある時だけが、私たちの生きている意味ではありません。若さに価値を置くのは人間が作った法則で、本来なら死を迎えるまで自然の秩序とともに老いと寄り添いながら感じられる安寧《あんねい》や幸福もあると思うのです。

老いに抗うことは精神を荒ませることにもなりかねません。うちの猫は14歳になりますが、顔つきや体つきはどこからどう見ても中年化しています。動きも前より鈍くなってきているので、気がつけばお婆さん猫になっているかもしれません。でも私は、毎日彼女にそのうち訪れる死をどこかで常に考えながら接するようにしています。

最近は美容整形もとても手軽になりました。雑誌をめくっていても、SNSを見ていてもやたらとその手の広告が目に付きます。私は肖像画家でもあるので、人の顔が加齢とともにどのように変化するのか、たくさんの事例を見てきているのでよくわかります。

美容整形自体に異論はありません。元気に生きるための現代的な工夫だと思えばそれもありでしょう。ただ、おやりになるのであれば、年相応を意識した出来栄えになるように施術してもらうべきではないかと思います。70代や80代の人がぴんぴんに皺を引っ張り、下瞼のたるみを全て除去し、素晴らしく若返ったところで、私であればそんな人と接しても不安になるばかりです。自然の秩序である加齢にそこまでして抗わなければならないのかと思うと、ますます辛くなってしまいます。

ファッションデザイナーのココ・シャネルの晩年に近い映像を見たことがありま

すが、顔も手も皺だらけでありながら、彼女から放出されているエネルギッシュさや良質のパワーは若い人がどんなに頑張っても手に入れられないものです。何より彼女自身がそんなことにまったくとらわれていない。自分でデザインしたスーツを着こなし、足を組んでインタビュアーを捲し立てるような喋り方には、年齢などという瑣末な次元を超越した人間力が備わっていました。

加齢に自信を持って生きていく人が増えてほしいと切に思います。

自己承認欲求は、若い時は皆一度は経験しておくべきことだとは思いますが、歳を取ったらもう必要なんてありません。誰が何と思おうと、命の意思にしたがい、堂々と人生を全うすることこそ、かっこいい生き方と言えるのではないでしょうか。

とにかく、地球に生まれてきたからには、死ぬまで生き続けることをシンプルに納得していればいいのです。寿命が何歳であろうと、その時までを思い切り生きていけばいいのです。生きるということに、とにかく条件や負荷を盛り付けまくるのは、嫌なストレスを溜め込むだけです。そんな思惑は払拭してしまいましょう。それだけでも随分気が楽になるはずです。

●前進するばかりが人生じゃない

人生というものは、災難に、病気、経済的な苦悩、人間関係の破綻など、まさかの展開だらけで、自分の思い描く理想通りにコーディネートするなど不可能なことです。

思いがけない出来事と向き合うたび「なんで自分はこんな目に遭わなきゃいけないんだ」「人生って最悪だ」などと思考を停止したくなってしまうのは私も経験済みなのでよくわかりますが、それはやはり、私たちの潜在意識に「生きることは本来は幸せであるべきなのに、どうしてそうならないのか」などという思い込みがあるからなのではないでしょうか。

それより最初から「人生に予定調和はない、この世に生きていく限り、どんなことでも起こり得る」という前提に立ち、幸福感に対してだけではなく、思いがけない災難や悲しみにも毅然と向き合う覚悟を身につけていれば、いざという時にその心がけが自分を救ってくれることになるでしょう。決して生きることにネガティヴになれというのではありません。ただ俯瞰で自分たち人間という生き物のあり方を観察眼的に捉えるスキルは、できるだけ備えているべきかと思うのです。

ものは「捉えよう」です。進んで行った先の目の前に巨大な壁が立ちふさがっていると、「ああ、ここで終わるのか」となってしまいがちですが、そんな時、後ろを振り向けば実はもっと大きな空間が別な方向に向かって広がっている場合もあります。「前向きに」だの「未来を」などと前進することばかりが生きる手本みたいな考えが定着していますが、背後には気がつかず見過ごしてきた、別空間へ繋がる扉がいくつもあったりするのです。

私は若い時から散々な目にあってきた影響で「傷ついたことも悲しんだことも精神の肥やし。ここで育まれる様々なものが、大きな幹を持つ樹木に育つかどうかは経験の豊かさ次第」という考え方を身につけました。というか、あまりに荒んだ暮らしだったので、そんな状況下で頑張って生きていくには日々募る苦悩を全て肯定的に捉えていくしかありませんでした。

また母からも「落ち込み続けることは最終的に時間の無駄、負の気持ちに捕らえられ続けていても、何の解決にも結びつかない」と言われ育ってきたこともあり、どんなに失敗しようが、やり直しを強いられようが、人生ってのはしょせんこんなものか、という開き直る術がすでに私には備わっていました。

＊

穏やかな人生に憧れていないわけではありません。できれば眉間に皺など寄せなくてもいい安寧な日々を過ごしたいと思っています。でも、無菌状態が自分をひ弱にしてしまうことへの恐れもあります。いろいろな苦労を経験し、乗り越えてきた方が圧倒的に自分は頼りがいのある存在となっていきます。誰かに縋《すが》らず、自分で自分を励まし、自分が自分を支えてくれる誰よりも頼りがいのある存在になってくれれば、正直それに越したことはないはずなのです。

●心の地図を広げて

気持ちがふさいだ時は、黙っていてもその状態からはなかなか抜け出せないため、自発的に動くのが私のやり方です。近所への散歩で足りないのなら、どこか景色の違う場所間で移動する。美術館や博物館へ行ってみる。映画館へ行くのが面倒なら、テレビやＰＣで映画を観たりするのでもいいし、音楽を聴くのでもいい。ネットでのやりとりだけではなく、気心知れた友人と長電話をしてみる。なんでもいいのです。とにかく、動くということが肝心だと思います。

コロナ自粛期間中イタリアへ戻ることが叶わず、東京の家に引きこもることになった私は、過去に観た古い映画を次から次へと観直し、本も既読のものを何冊も読み直しました。いつもであれば、移動という物理的変化でなければ得られないと考えていた充足感が、立ち止まっていても叶うことに気がついたのです。

パンデミックという特殊な状況においての時間の有効利用はいくらでもありまし

た。

Ｇｏｏｇｌｅ Ｅａｒｔｈという機能を使って、知らない土地へバーチャル移動を試みたことはありますか？　今ではＰＣの前に座っていても、一気にアマゾンのジャングルの奥地やサハラ砂漠へ出かけることができます。私はかつて自分が暮らしていた様々な土地の散策を試みましたが、ずっとやっていると本当に自分がその場所にいるような気持ちになってくるのだから不思議です。テクノロジーの進化は、現代を生きる我々の精神的必然に適応するようにできているのだということにも気がつきました。

そんな具合に地図を広げてみると、ものの考え方や見え方が劇的に変わってきます。世界の様々な地域を思うことで、私たちは狭窄《きょうさく》的な自我意識から解放されるのです。普段とは違う価値観に触れたり、人間のつくり上げてきた歴史を辿ったりすることは、目の前の課題に対する答えを見つけるヒントにもなる。

よほど手に負えない孤独や不安で息が詰まりそうになったら、「でも、地球という惑星に引力でくっついている限り生きていける。地球はどんな生き物にも平等に、生きていける環境を提供してくれている」と思うようにすると、心が落ち着きます。「不安こそ想像力や個性のみなもと」と考え、心の地図を広げてみる。これもまた、小さなことにクヨクヨしなくなる秘訣です。

●本当の自由とは孤独との共生

コロナ禍の影響で、多くの人が雇用悪化の現実に直面しています。「50代の日本人の4割が貯金ゼロ」というデータがネットニュースにも出ていましたが、こうした経済問題の先を行くのがアメリカです。リーマン・ショック後の経済の悪化によって家を失った何万人もの、主に高齢者が、「ノマド」（季節労働をしながら車で放浪する生活者）と呼ばれる漂流生活を送っているとされています。

所持品一式を車に積み込み、Ａｍａｚｏｎの物流センターや公園清掃などで日銭を稼いで生きていく。70代になっても、肉体労働は当たり前。

２０２１年の米アカデミー賞３冠を得たクロエ・ジャオ監督の映画『ノマドラン

ド』はまさにそうしたノマドの生き方を主題にした作品で、出演者はほとんどが実際のノマドでもあることから、彼らの生き方の実態がよくわかる内容になっていました。

ノマドたちは、社会にも他の誰かにも依存せず、自分の命を、誰かに委ねるわけでもなく、自分一人で守っています。何よりもそこが最強なのだと私は感じました。

実在の、がんを患っている老女のノマドは、身ひとつで死ぬことに向かって持ち物をどんどん売って断捨離をしていきます。生きることへの執着やしがらみから解放されて自由を掴む存在として印象深かった登場人物の一人でした。

フランシス・マクドーマンドが演じる60代のヒロインのファーンは、家族もあり立派な家に暮らす妹に「一緒にこの家で私たち家族と暮らそう」と説得されますが、断って去っていきます。人生の新たなパートナーと家が得られそうな境遇になった時ですら、その機会を見送ってしまうので、多くの視聴者は「せっかく幸せになれそうだったのに、なぜ……」と疑問を抱いたことでしょう。自分たちの幸せの価値観は決して全ての人と共有できるわけではないということを、ファーンの行動によって痛感させられるシーンです。

＊

こうして一般概念における〝幸福な人間のあり方〟に背き、再びバンを走らせて向かった先は雨の吹き荒ぶ海辺の崖っぷちでした。彼女が嵐の中、そこに立って空を仰ぎ見ながら大きく手を広げるシーンを見て、私は深く納得することができました。孤独を受け入れ、孤独とともに、自由に元気に生きていく。自由とは孤独。主人公はそうした確固たる自覚を体現しているように私には見えたのでした。

自由とは決して楽なことでも素敵なことでもありません。本当の自由とは、「孤独との共生」であり、コントロールが難しく、時には社会に拘束されない生き方が人から疎まれるということも、この作品でははっきり表現されています。主人公の妹が自分の家での同居を促すのは、彼女は自分が幸福とする定義に姉にも同調してもらいたかった、というのもあるのでしょう。

自由自由と人は気楽に口にしますが、自由の実態をしっかり分析することは、とても大事なことだと思います。

自分の土地、自分の家、自分の家族という囲いがあると「守られている」気持ちにはなるでしょう。ただ、人間の社会は時々、人間をとんでもない不安に陥れるものです。自分と同じ生き物である人間の集団の中にいながら、砂漠に一人置き去りにされたような孤独にさいなまれることなど、生きていればいくらでもあるのです。

そこが「帰属」という社会構造の取扱注意な部分なのではないかと思います。家があり、家族があり、お互いに慰め合っていればやっていける。必要な時に助け合える群集に属していればいい。同種族の群れの中で生きていくのが一番安心、というのが人間という生物の基本的習性であり、それこそが『ノマドランド』でも顕《あらわ》されている幸せの定義なわけですが、人によってはその価値観とはそぐわない生き方をしている場合もあるのです。

知性の生物である人間の生き方というのは同じ群生の生物である蟻《あり》やイワシや羊などとは違って、より複雑かつ多様であることを、『ノマドランド』は教えてくれるのです。

●地球の住民という意識

この地球という惑星は我々人類など、ここに生まれた全ての生物にとっての住処です。ものすごく大きく括れば私たち生物は皆地球の大気圏内で生きている生命体なのです。

十代の頃から日本の外で暮らし、様々な国々を転々としてきた私には、故郷へ戻る、という感覚がありません。日本もイタリアも、行政上私にとっては属性のある場所ではありますが、かと言ってこうした場所に守られているような安心感はありません。どこにいても余所者であるような、アウェイの感覚が抜けないのです。長い間暮らしてきたポルトガルやアメリカやシリアも懐かしいという気持ちはあっても、自分の帰る場所ではないのです。おそらく、母が実家のある東京から北海道へ移り住み、私も東京で生まれながら北海道で育ちつつ、休みの折りに東京に戻るということを繰り返してきたことも影響しているのでしょう。

自分の帰属する土地、という意識を持たずにこの年齢までやってきたので、呼吸さえできるのであればもうどこでもいいや、という大雑把な感覚に落ち着いてしまったのだと思います。

既にルールや体裁が構築された人間社会の中にずっといると、生きていることに対する、自分の物差しを見失いそうになる時があります。だから、私が旅をしたくなるのは、価値観の違う地域へ行くことで、地球という、自分が暮らす場所の広さを体感したいと感じた時なのかもしれません。

若い頃はわざと行き先の分からないバスに乗るような無計画でいきあたりばったりな旅ばかりしていたこともありました。スケジュールを立てて、それ通りに動こうとすると自分の見たいものだけ見て、知りたいことだけを知って、その土地を分かったつもりになりますが、それを回避したくてわざと燃費の悪い旅の仕方をしてしまうのだと思います。

今から三年前、テレビ番組の取材のためロンドンへ向かっていた飛行機が、ヒースロー空港の滑走路の手前で突然急上昇して向きを変え、ドイツのミュンヘン空港に着陸するということがありました。

その時イギリスを襲っていたハリケーンがその顚末の原因でしたが、ミュンヘンにはその後も飛行機が何機も緊急着陸し、空港内は乗客たちで溢れかえってしまいました。これは空港で夜明かしだろうなと思いつつ、我々撮影隊は粛々とフライトの変更手続きをし、自分たちが乗れる飛行機のアナウンスが入るのをひたすら待つことにしました。幸い空港で一泊というシナリオは避けられたのですが、最終目的地であるミラノにたどりついたのは、日本を発ってから30時間後のことでした。

ミュンヘンに集められた乗客たちは皆混乱し、怒り出す人も疲れてしゃがんでしまう人もいましたが、そんな彼らに対応する空港スタッフたちの態度は冷静で、それが救いになったのかと思います。もし、彼らまでが我々と一緒に苛立っていたら、ちょっとした騒動くらいは起こっていたかもしれません。しかし、空港という場所はフライトのキャンセルや遅滞など、思い通りにならない展開が日常茶飯事で発生するため、彼らも慣れているのだろうと思います。

こうした想定外の出来事が起こったとしても、人間の社会など一糸乱れず計画通りに行く方が異常であり、何があろうと自分たちは所詮地球の上にいて、大気圏内で呼吸ができているのだからいいじゃないか、と思うと案外平気でいられます。どこで何が起きようと自分たちは地球の住民であるという意識は、こうした予定外の展開に遭遇した時こそ、その効力を発揮してくれるものなのです。

●ご長寿犬、ピエラの記憶

母の実家で飼われていたゴールデンレトリバーのピエラが２０１９年に19歳で亡くなりました。人間でいうと１００歳越えのご長寿ということになりますが、ギネスに登録されているご長寿のゴールデンレトリバーが19歳なので、ピエラはそれに匹敵するということになります。

ピエラの死に方は、「私もこうでありたい」と思ったお手本でした。ピエラは主人である私の母の体調が優れなくなってから、母のヴァイオリンのお弟子さんのお宅でお世話になっていました。競走馬の調教をされている方のお家だったので、ピエラは時々牧場に連れてきてもらって馬と一緒に走ったりしていたそうです。そんなわけで、母が体調を崩したのをきっかけに、老齢のピエラはこのご家族のもとに預けられていたのですが、徐々に老衰の症状が現れるようになっていきました。

大型犬の介護はとても大変です。それを全て引き受けてくださったこのご家族には頭の上がらない思いですが、曰くピエラはそれでも手がかからなかったとのこと。亡くなる数日前から、彼女は自分で自発的に何も食べなくなったそうです。私と息子がピエラに会いに行ったのは、まさにご飯を口にしなくなって数日目、という時でした。私はご家族に持ってきたお土産を「こちらバウムクーヘンです」と口に出して渡そうとしたのですが、それまでぐったり臥《ふ》せっていたピエラの耳が私の声に反応したのです。

母はピエラに食事の極端な制限はしていませんでした。時々人間が食べる甘いお菓子も、ピエラが物欲しそうにしていればあげてしまう。周りは、ピエラの体に悪いからと母に注意をしていましたが、母は「大丈夫よ」と聞く耳を持ちませんでした。犬の長生きと食べ物との関係性はいろいろ言われていますが、何を食べてもいつも元気だったピエラを見ていると、実はそれほど意識しなくてもいいのかもしれない、などと思うようになりました。

ピエラの死期が近いとわかっていたため、あとはもう食べたい物を食べればいいんじゃないかと判断し、お土産のバウムクーヘンを彼女の鼻のそばへ近づけてみたところ、あんなに弱々しかったピエラが、いきなり私の指まで食べる勢いで一瞬にしてバウムクーヘンを食べてしまいました。その後は、また何事も無かったかのようにパタンと横になって寝てしまったのですが、その時はその場にいた皆で思わず笑ってしまいました。

結局、バウムクーヘンがピエラの最後の食事となり、その二日後に亡くなったという連絡を受けました。老衰らしい、穏やかで静かな最期だったそうです。自分で死期を認識し、静かに寿命を受け入れたかのようなピエラの最期は、生き物として理想的なものに思えました。今でもあの命が尽きる前の穏やかでやさしい顔を思い出すと、彼女に深いリスペクトを覚えるのです。

●メメント・モリ（死を思え）

自分がいつか必ず死ぬことを忘れるなという意味を指す「メメント・モリ（死を思え）」というラテン語があります。メメント・モリは死を負と捉えるのではなく、むしろごく当たり前の、人生におけるまっとうなものとして受け取るためにも必要な言葉です。

ラテン語といえば「カルペ・ディエム（今この瞬間を生きて）」という有名な格言がありますが、これも生きていられる期間は限定的なので、今日を大切にして、思いきり楽しみなさいという意味になります。

古代ローマ人は、生きている間であっても、やがて訪れる死について日常的に考えている人たちでした。平均寿命も今の人間に比べて短かったし、簡単な病気で亡くなる人も多かった時代だったため、楽観的に解釈しないとやっていけないというのもあったのでしょう。彼らにとっての人生は生きている間に何をしているか、ということよりも、死んだ後にどれだけ自分たちの名前が残るか、という方が大事でした。それはそうです。この地球上で生物が生きていられる時間は限定的ですが、死んだ後の期間の方が長い。何十世紀だって語り継がれることで普遍の魂を得ることができると思うのももっともなことでしょう。

私はかつてチベット密教に深い興味を持ち、衝動的にチベットの拉薩《らさ》まで行ったことがあります。チベット仏教の経典に、命は転生するという考え方に根ざした「死者の書」というのがあり、そこには死が訪れるその瞬間から次の生を得て誕生するまでに、何が起きてどうなるか、というガイダンスが書かれてあります。生きている時から死というものと、そして死の瞬間を客観視できる面白い経典だと言えるでしょう。

チベットまで出かけた時は、標高5千メートル地点を通過する、世界で最も高い場所を走る高山鉄道に乗ってまんまと高山病になり、その後病院の厄介になってしまいましたが、あの時は本当に意識が遠のいていき、このまま自分は死ぬんだろうか、という思いを抱きました。幸い点滴を2発打って翌日は何事もなかったかのように回復したのですが、あれはあれで貴重な経験だったと思っています。

私はその前にも何度か死にそうになった経験がありますが、それも含め、いろいろな死生観を知るほど、やっぱり「死」というものは、避けたり、逃げたりするものではないという確信を持つようになっていきます。いつか死ぬことを忘れちゃいけない。息子とも死生観についてよく話すことがありますが、普段から身近な人と死について語ることは、精一杯命を謳歌して生きていくうえでもとても大切なことだと私は思います。

死というのはいつでもどこでも起こり得ることだし、それこそ貧乏学生だった時代は生活が苦しく、こんな思いをするくらいなら死んだ方がどんなに楽かと思ったことも何度もあります。生きていく過酷さと実直に向き合うと、人間という生物の脆弱さを感じてしまいますが、そんな時はこの世に生まれ、与えられた命を全身全霊で全うしている生物たちを思い浮かべます。

彼らは命に理想を掲げたりすることもありませんし、遺伝子さえ残すことができれば、それで役割を果たしたことになるわけですから、長生きが得だとも思っていないでしょう。人間は生き延びていくために様々な工夫をこらし、合理的な生き方ばかりを追求してきたために訪れる死への潔さを失ってしまいましたが、時々ふと大自然の中で、命に余計な思い入れを課すこともなく、おおらかに生きている生き物たちを思い出してみるのも大切なことかもしれません。

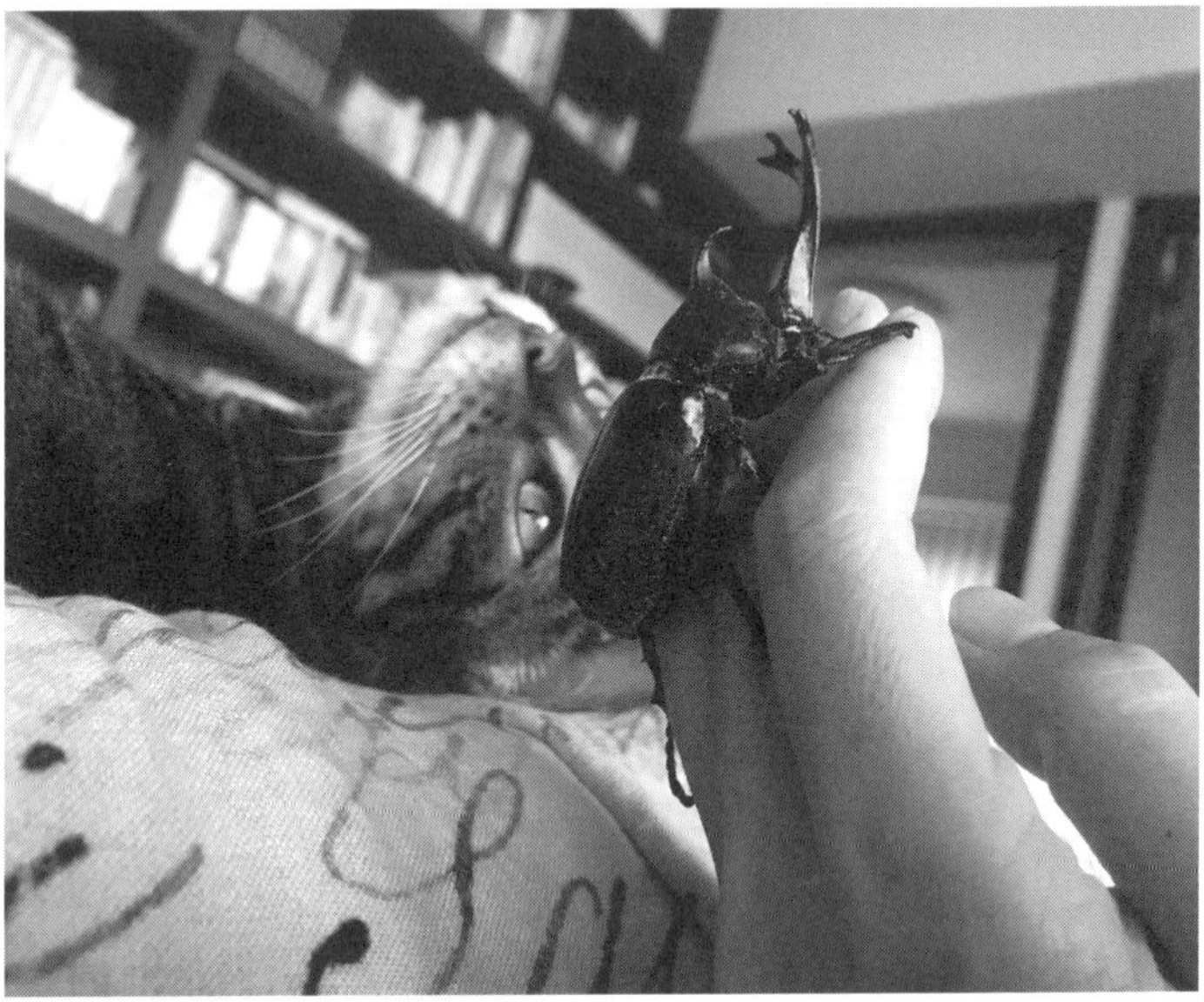

第2章

老いの価値

●酸いも甘いも噛み分けて

私は幼い頃から、老人たちに囲まれて育ってきました。中でも、母の再婚相手の母親であり、漫画『ルミとマヤとその周辺』やエッセイ『ヴィオラ母さん』でも描いたハルさんは、決して長い時間をともに過ごしたわけではありませんが、今でもたびたび思い出すことがあります。

私の母は、父が亡くなった後に当時サウジアラビアに駐在していた建築技師の男性と再婚をしました。この辺の事情は詳しく母に話を聞くことはできないままになってしまいましたが、結局この結婚生活は長続きはしませんでした。妹が生まれてすぐ、再婚相手は勤務先であるサウジアラビアに戻ることになりましたが、札幌のオーケストラで活動していた母には彼についてサウジアラビアへ行く気はなかったらしく、別居婚ということになったわけです。離婚はそれからまもなくの事でした。

ところが、彼の母親であるハルさんは、私の母リョウコと息子の婚姻関係が無くなったその後もしばらくの間私たちと一緒に暮らし続けていました。

母は基本的に親族だけではなく知人友人含めて年老いた人を思いやる人ではありましたが、ハルさんへの敬いはちょっと特別だったように記憶しています。ハルさんの出自や生い立ちなど詳しいことはまったく分かりませんが、生まれは樺太であり、血の半分はロシア人だったこと、そしてやはりシングルマザーとして戦後北海道に引き上げてきてからも、（おそらく様々なハードルと向き合いつつ）謙虚に仕事を続けながら、子を大学にまでやったことを誇りにしていたという話は母から聞いて知っています。母には同じシングルマザーとして「大変な苦労をしてきたハルさんを絶対に一人にはしない」という気概のようなものがあったのだと思います。

離婚を経ても尚、ともに暮らし続けていることに後ろめたい気持ちをつのらせていたハルさんは、ある日遠い親戚の元に身を寄せることにしたと言い残し、私たち家族から離れて行きました。ところが、それから数ヶ月後、ハルさんから母宛に「また一緒に暮らしてはだめでしょうか」という内容の、簡単な漢字とカタカナだけを用いた1枚のはがきが届きました。はがきは雨に濡れ、ハルさんのしたためた文字はまるで涙で滲んだようになっているのを見て、母は私たちにすぐに出かける準備をするよう促しました。

「今からお婆ちゃんを迎えに行くよ！」。母は私と妹をリアシートに乗せると、当時の愛車だったクラウンのアクセルペダルを勢いよく踏みました。

今でも私はハルさんを迎えに行った、あの北海道にしてはやたらと暑い夏の日を鮮明に覚えています。母の運転する車の進行方向にゆらゆらと逃げ水が現れるほど気温が高く、やっとのことで到着したその内陸の小都市の古びたアパート一室の扉を開けると、折り畳んだ布団の隣でちんまりとお座りをしているハルさんの姿が目に留まりました。突然訪れた我々親子にびっくりしたハルさんは、言葉も出てこない様子でその場に固まっていました。母に促されると聞き分けの良い少女のように黙って荷物をまとめて車に乗り込み、その日から再び私たちの家へ戻って一緒に暮らすことになったのでした。

樺太生まれのハルさんは鱈《たら》やサンマなど北の魚を美味しく調理する人で、「ハルさんが家にいると、美味しいものが食べられる」と料理が下手な母は心底嬉しそうにしていました。忙しいお母さんに変わって2人が料理を作ってあげなさい、とハルさんは私にも魚の捌き方を教えてくれました。私と妹はハルさんの振る舞いを通じて年老いた人と暮らす面白さというものを感じるようになっていったのです。

長く生きてきた人の口にする言葉の一つ一つや行動には思わぬ知恵が宿っていたり、人生経験が浅い人間では到底発想することのできないアイデアがあったりするものです。ハルさんは私たちと暮らすようになったその翌年には病を患い、入院生活を送ることになりますが、様々な記憶が忘却していく中で母のことだけはしっかりと判別できたようで、母がお見舞いに行くととても嬉しそうにしていました。亡くなる前に残した言葉が「リョウコさん、ありがとう」。母は皺だらけのハルさんの手を握ると「こちらこそありがとうございました」と言葉を返していました。

母方の祖父である得志郎《とくしろう》もまた愉快な人でした。1915年から、大恐慌の直前までアメリカで銀行員として暮らし、その時の経験がよほど素晴らしかったのか、日本に戻ってからも家の電話が鳴れば条件反射で「Ｈｅｌｌｏ」とアメリカ訛りの英語で受けてしまうような、変わり者でした。遡《さかのぼ》ること半世紀も前のアメリカでの記憶を、まるで昨日の事のように私に話して聞かせるのが大好きで、彼自身がカメラに納めてきた膨大な量の写真が収められているアルバムを日がな一日中捲《めく》っては見入っているくらい、過去への思い入れが強い人でした。

かと思えば、私が高校時代、パンクに傾倒して髪の毛を剃った時には「マリちゃん、女の子がそんな丸坊主にしちゃうのはマズいなあ」などと、父親の代わりに意見をしてくることもありました。ピンと伸びた背筋にかすりの着物を着こなし、帽子とステッキという出で立ちで、家のある大泉学園から石神井公園までの散歩を毎日欠かさなかった祖父は、私にとって年齢を重ねた人間のかっこよさを教えてくれる存在でもありました。

＊

当時母の勤めていたオーケストラはしょっちゅう遠征公演を行っており、その度に私たち姉妹は母の知り合いのもとに預けられていました。中でも、母が北海道に移住した頃に住んでいた家のそばにあったフランシスコ修道会でお世話になった記憶はいまだに克明に覚えています。私たち姉妹は遠く故郷から離れ、極東の街に暮らす老齢のドイツ人修道士たちから、無意識のうちに異国の生活習慣を学ぶこともできました。

なぜ、この人たちは北海道にいるのだろう。故郷や家族が恋しくはならないだろうか。私と妹はそんなことを思いながらも、優しい修道士たちの好意に甘んじていました。名寄《なよろ》という都市での演奏会の際に親子共々宿泊させてもらったカトリック教会では、やはりドイツ人だったヤヌアリオ神父が大変親切で、朝早くに市場まで出かけて買ってきたイチゴを私たち親子のために美しくセッティングされたテーブルに並べ、「このイチゴを食べて元気な朝を迎えてください」などと声をかけてくれたのを覚えています。

ドイツから日本へ渡り、高齢でありながら名寄という北海道の中でも雪の多い小さな都市でカトリックの司祭をするのは並大抵のことではなかったでしょう。そのような顚末に至るまでには彼なりの深い事情があったはずです。でも、全てを乗り越えてきたようなあの達観した笑顔には、人を穏やかにさせる作用しかありませんでした。大人になったらヤヌアリオ神父様のような人になりたいと、私は母に伝えていたようです。

ハルさんも、ヤヌアリオ神父も、それぞれ歩んできた道はまったく異なりますが、彼らを通じて酸いも甘いも長い年月の中で噛み分けてきた人間が醸し出す「表情」というものがあることを、当時の私は知ったのでした。

人間の業という名の老廃物を削ぎ落とした、シンプルだが味わい深い、どこか安心感のある表情とでもいうのでしょうか。思い通りになろうとなるまいと、とにかく現実と向き合い、自分を守り、許し、慰めながら生き延びてきた人々だからこそ得られる、余計な老廃物を削ぎ落とされた顔つきというのでしょうか。犬や猫が自然とお年寄りのもとに引き寄せられると言われる理由は、攻撃的とは無縁の、そうした彼らの柔らかい振る舞いや表情にあるのかもしれません。

老人を排除しない社会

歳を取る、ということはそれまで生きていくのに大変な思いをしたということだから、何はともあれ敬わなければならない、という老齢者に対する意識は、イタリアに移り住んだことによってさらに固まったように思います。

高齢者とその子供家族という三世帯での暮らしは、イタリアでは珍しくありません。私の夫も両親とそして祖父母という三世帯で一つ屋根の下で暮らしてきた、典型的なイタリアの家族です。一つの家の中に10代の若者もいれば、90過ぎのお年寄りもいて、皆で支え合って生きていますが、それはイタリア人たちの特徴として特筆するようなものではなく、至って当たり前の光景です。

私もそんなイタリアの夫の実家で老人たちとの暮らしを経験していますが、「今すぐトイレに行きたい」「これが食べたい」「眠い」と、相手の状況などお構いなしに、まるで赤ちゃんのように本能的欲求を突きつけてくるお年寄りとの生活は正直を言えば振り回されることばかりでした。夫の祖母二人もそういう意味では一筋縄ではいきませんでした。しかし義母には「老人というのはそもそもこんなもの。仕方がない。自分たちだっていずれこうなるんだから」という諦観がすっかり身についていました。普段なら言いたいことはなんでも言う、強烈な個性を持つ義母もまた、たとえ姑にわがままを言われても「仕方がないわね」と、献身的にサポートしていました。

日本のような外食文化があまりないヨーロッパでは、週末に知り合いを自宅に招き皆でわいわい食事をする機会はしょっちゅうありますが、そんな時に、自分たちの両親など家に一緒に暮らす老人を連れてくる人もいます。迎える側も、お年寄りたちに「よくいらっしゃいました！」と満面の笑みで声を掛け自然と受け入れています。夫の実家などでも、友人家族と食事をする時にはよくある話です。

世代が違おうと話題についていけようといけまいと、ともに食卓を囲み、その場を共有する。社会の最小単位として「家族」があり、その中の一人が招かれたということは家族全員が親しみを持って迎えられているということなのです。そうした光景を幼い頃から自然と目にしてきた子供たちもまた、お年寄りと接し、会話を交わすことに慣れ親しみながら大人になっていくわけです。駅の階段などで、大きな荷物を抱え歩いているお年寄りに対し、周囲にいる人々が我先にと手を差し伸べる光景もよく目にしますが、やはりキリスト教の倫理が根付いている国では当たり前の光景だと言えるでしょう。

＊

一方、日本では「老害」という言葉を最近よく耳にします。

「老害」。意地悪さと不寛容を極めたようなこの強い言葉は、空気を読まなかったり他人を慮らない言動など、どこか見苦しさのある中年以上の人間に対して向けられるようです。若者というのは要するに気配りや意識が満遍なく張り巡らされているし、社会の秩序を乱さないために気持ちを抑制することに懸命になりますが、年齢を重ねていくと徐々にそうした対外的な目線というのが気にならなくなってくるわけです。社会的なルールや予定調和を壊す老人は迷惑そのものであり、理想的社会の害となる、ということでそんな言葉が生まれたのかもしれませんが、まあ、要は迷惑な老人という意味ですよね。

イタリアには「あのジジイはどうかしている」「クソジジイ」などという、要するに罵倒としての表現はありますが、〝害〟という言葉を当てはめることはありません。そもそも老人というのは、そんなものなんだ、歳を取るというのは面倒臭い人間になることなんだ、というのを子供のうちから間近に見てきた彼らには、予測内の顛末なので〝害〟という扱いにはならないのでしょう。

生物は、昆虫ですら長く生きているとヨレヨレになりますし、いまや昔よりもはるかに長生きをするようになった猫や犬たちにもしっかり脳の老化、というのはありますす。生物の生き方というのはその一生のうちに七変化も八変化もしていくものであり、それが自然の秩序なのです。老人になっても若者のように世間体を意識して周りに気を配って生きている人がいると、むしろそれこそ私には直視できない息苦しさを覚えてしまいます。

長生きの秘訣は嫉妬心？

かつて三世帯で暮らしていたイタリアの家族には、90歳を超える、エリザベッタさんとアントニアさんという二人の老女が暮らしていました。夫の両親の祖母ということになるわけですが、その両者の間で交わされる会話がいつもおかしすぎて今でも時々思い出し笑いをしています。

日向ぼっこをしながら、一人が「いい天気ねえ」と言えば、もう一人が「そうねえ、確かにさっき食べたパスタはちょっと硬すぎだったわね」と返す。「その帽子どこで買ったのよ?」「あらやだ、違うわよ、マリオさんと付き合ってたのは私じゃないわよ」などと、会話をしているのに内容がまったく噛み合いません。でもそんなことは関係ないのです。車椅子に座って同じ方向を向いたまま、お互いなんとなく言葉を交わしている二人を見ていると、時には小鳥の囀《さえず》りのように、コミュニケーションというのは感覚的な次元で成立するのだと思ったこともありました。

ただ、実業家一家のお嬢様であるエリザベッタと陶器職人の娘であるアントニアとの間には、出自の家風が違うこともあり、妬み感情というのが明らかにありました。例えば、家にお客さんがやってくると、エリザベッタが杖を突きながら満面の笑みで玄関に出迎えます。はつらつとしたその様子にお客は「いつも本当にお若いですねえ」などと賛辞を口にします。すると、その後ろから間髪入れずアントニアが杖も使わずに歩いてきて、自分がエリザベッタよりも元気であることをアピールするわけです。こんな光景は何度も目の当たりにしました。

そういえばアントニアは、90代後半になるとなぜか私のことを「ナターシャ」と呼び始めました。古くからの知人の名なのか顔が似ているのか、理由は誰にもわかりませんでしたが、そのナターシャなる人物の何かが私とリンクしていたようでした。「ナターシャじゃなくて、マリです」と言っても、その数秒後には「ねえナターシャ、トイレに行きたい」と返されるので、私はもうアントニアに訂正を求めることはやめ、彼女の前ではナターシャとして居続けていくことを決めました。

この二人の老女たちは、それぞれ同じ話を何度も繰り返しすることがたびたびありました。家族も「またあの話だよ」とうんざりしているのですが、おしゃべりに余念のないお婆ちゃんの前でニヤニヤしている。そうしてニヤニヤしながら聞いてあげると、例えばアントニアが若い時に夫だったマルコに浮気をされた苦いネタを話している時でも、周りにつられて笑ってしまうことがありました。

「戦争が始まって、エリトリアから引き上げてくる時はそりゃ大変だったのよ。お金も何も無くってさ。あははは」と、最初は苦々しい表情だったアントニアが明るくなればこちらも嬉しいものです。どんな話題でも、どうせなら面白がって聞いてあげたいと思ったし、実際、90年も生きたご老人たちの話は予測もつかない展開ばかりで、これがなかなか面白いわけです。「その話ならこの前も聞きましたよ」と素直に伝えれば「あらそうだったかね?」とまた別の思い出話をしてくれますし、「そう言わずに何度でも聞いてちょうだいよ」と返される時もありました。他者との接触が閉ざされることなく、常に言葉を発し、家に絶えずお客さんがやってくるという状況も二人にとってはとても良かったんじゃないかと思います。

＊

10代の私をイタリアに招聘《しょうへい》した陶芸家のマルコとアントニアは、村で最初に離婚したカップルとしてその地域でもちょっとした有名人でしたが、アントニアは90歳を超えても、マルコの歴代の浮気相手の名前を全員しっかり覚えていました。

「私が妊娠したと思ったら、工場に働きにきていた近くの村の女性と浮気をしやがったのよ。あの浮気ジジイときたら」と、マルコはとっくの昔に亡くなっているにも関わらず、覚醒スイッチが入り、皺だらけの顔の表情筋を闊達《かったつ》に躍動させながら、熱い口調で語り始めることがありました。「あたしはマロスティカ（近隣の街）でミス・サクランボに選ばれるくらい美人だったのに、そのへんの娘っ子に浮気されるなんて、まったく許されないことよ。ああ腹が立つ」と唾を飛ばしながら怒りを噴出させているアントニアのエネルギーには圧倒されるばかりでした。怒りや愚痴というのは、人間に生命力を与える感情なのだと、アントニアを見ていて感じました。

我が家の老犬ピエラも仔猫をもらってきたとたん、みるみる元気になっていきましたが、人間もどんなに老齢になろうと嫉妬心に火が着けば瞬く間に活性化するようです。

仏教的な考え方をすれば、人間は「業」を捨て、まっさらの魂となって生きていった方が確かに楽でしょう。余計な心のエゴを振り払えば、清らかな安寧を得られるはずです。でもホモ・サピエンスはしょせん業の生き物であり、歳を重ね、最期の瞬間まで業を発揮し、業と向き合える人の方が人生の後半戦を逞しく生きていけるのかもしれません。

ちなみにアントニアとマルコの離婚ですが、実は成立していなかったということが、アントニアの死後に発覚しました。周囲は離婚したものと思っていたのですが、実はマルコはアントニアがサインをした離婚届を役所に提出していなかったのです。別居をしていたのでてっきり周りは離婚したものと思っていたのですが、夫婦別姓の制度を取っているイタリアではこういうことも起こり得るということです。

50代が面白い

女性は40代以降になってからが俄然魅力的。イタリアでは、そんな言い方をすることがあります。そのくらいの年齢になると、子育てもある程度落ち着き、仕事をしている人であれば紆余曲折を経つつもキャリアを積み、カップルとしての生活を一通り経験した後、自立を求めて離婚する人もいるでしょう。

そうした経験を積んだ相手とは、若い頃の燃え上がるような恋愛感情とは趣が異なるものの、成熟した人間同士として、お互いの経験値から導き出される実感のこもった言葉や人生観を交わすことができるようにもなるものです。

人間として様々な経験をしてきた人と話したい、面白い会話を構築したい。そんな願望が芽生え、相手が積み重ねてきた時間に想像力を稼働させながら、「女」としてではなく、人生をそこまで生き抜いてきた「人間」として接触してみたい、という気にさせられるのかもしれません。

たとえ相手が自分の知らない世界に身を置き、異なる分野の知識を携えていたとしても、それを面白がり、リスペクトできる。考え方や生き方の方向性が違ったり、エンパシーを得られなくても、相手のつくり上げてきたその人なりの世界観を受け入れる。成熟した男女はそうした互いの人間としての経験に敬いを覚えるところから、関係性を築いていくように思えます。

分かりやすい具体例を上げましょう。例えばイタリアでは、車は新車より中古車が好きだという人が大勢います。夫は絶対に新車を買いませんし、彼の父親もまた、ドイツ製やオーストリア製の中古車を好んで集めています。お金がないわけではないのに、頑なに新車を買おうとしないのはなぜなのかと夫に聞いてみたところ、あなた色に染まります、という姿勢丸出しの新車はつまらないのだそう。それに比べて、かつてハンドルを握っていた人間のクセがついていた車の方がいいのだそうです。「中古車はそれぞれ独特な性格を帯びているところが面白いんだよ。メンテナンスに時間も費用も掛かるけど、そういう行為にこそ愛着が増していく」などとうんちくを述べつつ、今も20年前のアルファロメオを大切に乗り続けています。よく車の選び方でその人の異性の趣味が分かる、などといいますが、中古車好きが多いイタリアにおいては、日本の男性が女性に求めているような透明感や純粋さ、というのはそれほど重要ではないということなのかもしれません。

自分の人生を振り返ってみても、未成熟で未完成だった若い頃に戻りたい、などと思うことはありません。経験値が足りないにも関わらず、頭でっかちになり、背伸びをし、虚勢を張り、自分の存在理由とは、などと考えては意気消沈したりを繰り返していたあの時代をもう一度繰り返すなんてもうごめんです（笑）。絶えずお腹を減らしていたほどお金に困り、付き合っていた彼氏との喧嘩に消耗し、世の理不尽さを突き付けられて泣いたり怒ったりしながらも、満身創痍《そうい》で立ち上がれたあの日々は、10代から20代の自分だからこそできたことです。

けれど、不思議なことにかつては思い返すだけで恥ずかしくて記憶に蓋《ふた》をしていた思い出も、今では冷静に振り返ることができるようになりました。若い時には傍目を気にしてできなかったことも、今ではそれほど気にならなくなってきていることを思うと、精神が頑強になってきたのかもしれません。こういう現象を要するにオバサン化、ともいうのでしょうけど、堂々と生きられることはすがすがしいし、鍛えられて強くなった自分への頼もしさも、今だからこそ得られる感覚と言えるでしょう。

●顔はまるで〝宇宙〟だ

フィレンツェの国立アカデミア美術学校で美術史と油絵を専攻していた頃、週に何度かヌードデッサンの授業があり、私はその頃から好んでお年寄りを描いていました。

若い男女の肉体は肌艶が良く、若さ特有の美しさはあっても被写体としてはわりと簡単に描けてしまうため、時間を忘れ没頭するほどの面白さは感じられませんでした。対し、高齢の男女に刻まれた数多の皺や歪曲した姿勢からは、彼らが歩んできた道のり、対峙してきた苦悩や失望といった気配が浮かび上がってくるようでした。ヌードモデルを務めるご老人たちはすぐにお疲れモードになってしまうため、筆を止めず素早く描かなければならないわけですが、限定された時間の中で難しい問題と向き合うのが好きな私には、老人たちのデッサン授業はこの上無く有意義な時間でした。

あれからもう30年、結局油絵では食べていけないことを痛感し、それでもなんとか絵で生計を立てていきたいと思っていた私は、方向転換をして漫画家になり、ひたすら漫画ばかりを描き続けてきました。ところが去年、再び油絵を描く機会が私に訪れました。

「新作のアルバムジャケット用に肖像画を描いてほしい」とミュージシャンの山下《やました》達郎《たつろう》さんから声を掛けてもらったのをきっかけに、その後、山下さんの友人である落語家の立川《たてかわ》志《し》の輔《すけ》さん、人形浄瑠璃文楽の人形遣いの桐竹勘十郎《きりたけかんじゅうろう》さん、と立て続けに肖像画を描く機会を頂くことになったのでした。

山下さんにはもうだいぶ前から、ご自身が子供の頃から肖像画に憧れていたこと、そして機会があればいずれ自分の肖像画を描いてほしいという話をされていたのですが、「あなたは漫画も十分に描いてきたし、経済的にも困らなくなったのだから、そろそろ油絵に戻ったら」と、ジャケットに肖像画を使いたいという意向を伝えられたのでした。山下さんは漫画に浸りきっていた私を再び油絵の道へ軌道を戻してくれたのです。

私はもともとフィレンツェのアカデミアで、15世紀初頭から半ばにかけてのフランドルの絵師たちの描くようなスタイルの肖像画の勉強をしてきましたが、人間の顔が描き応えのある被写体だということをその時に知りました。

山下さんは、古希を迎える間近の、様々な感情の経験値が複雑に表情筋にしみ込んでいるような、安直な解釈を許さないようなお顔をしていらっしゃいますが、前から私が印象的だと思っていたのは、彼の目です。簡単に内心を見破られないための屈強な甲冑と化した表情に包まれた目は、今にも壊れそうな繊細さと寂しさを湛《たた》えた水たまりのように私には感じられました。

これはまさに描き応えのある顔だ！　と私は意気込みました。彼の若い時の顔を描くとなれば、それほど熱心になれたかどうかはわかりません。

＊

山下さんが仕上がり、その後に続けて描いた桐竹勘十郎さんも、そして立川志の輔さんも、山下さん同様、その顔の中に果てしない宇宙が広がっています。この3人の同世代の男性たちに共通して言えることは、皆多くの人々に感動と生きる勇気を与える表現者として、数多くの舞台をこなしてきた玄人でありながらも、全員そろってその目の奥に、その表情の向こう側に、大人になることに躊躇している少年のような繊細な惑いが見えることでした。自負と自信を身に付けることに懸命な若い男性には、こうした深い奥行のある表情が顕れることはありません。

男性は、年齢を重ねると本当に素晴らしい被写体になると感じていますが、昭和の映画スターにその傾向は顕著です。ぱっと想像してみただけでも、三船敏郎《みふねとしろう》、嵐寛寿郎《あらしかんじゅうろう》や阪東妻三郎《ばんどうつまさぶろう》に、ちょっと古いですが大河内傳次郎《おおこうちでんじろう》などが思い浮かびますが、最近の人であれば山﨑努《やまざきつとむ》さんなど、皆さん本当に人間としての魅力が溢れる顔をしています。彼らは俳優を生業としている人たちですから、あらゆる感情を演じているわけですが、そうした内心が皺となって刻まれた顔には、まるで壮大な宇宙や風景のような、地球的魅力を感じるのでした。

●私を元気にする女性たち

実は女性の肖像画を描くことが昔から苦手でした。画学生時代も、私が描いた肖像画はほとんどが中年以上の男性でした。なぜかを考えてみると、女性は「老い」

に自分を委ねている人が少ないからかもしれません。「美しく描いてほしい」「できれば皺の無い顔で」といった願望を隠しきれないだけでなく、「最も輝いている時を描いてほしいから、実際よりも若めに描いてほしい」という具合に、絵描きに対して画像修正の願望が強すぎて、困ってしまうのです。ありのままを描いたことで「へえ、私ってこんな?」と首を傾げられたことも何度かありました。しかし、皺を描かず、若々しさを引き出した仕上げにすると、たいていの皆さんは大満足されるわけです。それに比べて男性には潔さを覚えます。

私も、仕事用に撮影された自分の写真の顔色やほうれい線を目立たなくなるよう修正を施したりしますから、老いを快く受け入れるのが難しいことくらいはわかっているつもりですし、人々の「老い」に抗いたくなる傾向は古代からありましたから、そう簡単に変わることなどないでしょう。

それでも、ある年齢に達しているにもかかわらず、皺が一つもない肌艶の良い女性ばかりを理想と捉えテレビや広告に採用するばかりではなく、自然体でありながらも充足しているような、人間としての内側の美しさを持った人ももっと表に出してもらいたいとも思うわけです。アシンメトリーで目が大きく、皺もないつるりとした顔というのは、要は想像力を使って美しさを探求しなくていい顔ですが、素晴らしい映画や小説を読むような気持ちをそそるような、偏差値を高くした美しさというのも、メディアに出してほしいと思うのです。内面から溢れるような若々しさと魅力を持った高齢者がこの世から消えてしまわないうちに、何らかの改革があればいいなと思います。

私が尊敬し、純粋に素敵だなと思う高齢の女性は何人かいますが、例えばチンパンジー研究の第一人者であり動物行動学のジェーン・グドールは、若い時から美しい女性ではありましたが、それに捕らわれない好奇心と探求心で自らの研究にとことん打ち込み、結果人間的な魅力によって色あせない美しさを保ち続けています。

夫に薦められて読んだ南アフリカの作家で政治活動家のナディーン・ゴーディマー（1923-2014）は、アパルトヘイトを告発する作品を数多く発表しノーベル文学賞を受賞した女性として知られていますが、彼女もまた、写真を見るたびこんな風に気品と知性をまといながら歳を取りたい、と思う対象です。私が大尊敬するフランスの作家マルグリット・ユルスナール（1903‐1987）もまた、老齢になっても人間としての特性である知性と精神性を極めた顔立ちをしていました。ユルスナールもまた、知性的側面において、こういうお婆さんを目指そうと思ううちの一人です。

もちろん彼女たちも「女性」という入れ物を授かったわけですから、髪を綺麗にセットしたり、気に入っている顔のパーツを活かしたメイクをするなど、自分をいかに美しく演出するかは熟知していたでしょう。「社会」と対峙するとき、そうした演出は役立つものであると客観的に分かっているからこそ、身だしなみも必要な演出と捉え、最大限生かすようにしていたはずです。社会におけるジェンダーの価値観を念頭においてはいても、それはあくまで演出という領域であって、彼女たち自身の全てではありません。

外側の入れ物がどうであれ、中身は生身の人間であり、彼女たちが辿《たど》ってきた道、知性、そしてどんな困難にも恐れずに全身でぶつかってきた、その力強く生きる姿勢こそが、彼女たちの持つ魅力や美しさを司っているのです。女性である以前に人間として、経験しておくべき試練をすり抜けてきたからこそ、独特のオーラを纏《まと》うことができるのです。精神と知性を鍛え上げることによってつくられる中身の美しさは、外観を凌駕するものとなるのです。

よく日本の雑誌では、知性も美しさも備えている様に見えるファッションのコーディネートをしてみたり、お手本になりそうな女性の記事を載せているのを見かけますが、裏を返せば、髪型や服装といった表面的なものだけを真似したところで、それは残念ながら化けの皮でしかありません。女性を美しくしてくれるのは、ヘアメイクでもなければ、服でもなく、研ぎ澄まされた人間としての知性に尽きると思います。そして成熟した寛容かつおおらかな精神です。これに勝る美の要素は他に思い浮かびません。

●燻し銀の輝き

コロナで日本に閉じ込められていた二年半、私はそれまでなかなかじっくり観る機会の無かった古い日本映画をたくさん視聴しました。古いだけではありません。ジャンルもそれまでの自分の嗜好にとらわれず、チャンバラから任侠物まで幅広く手を伸ばしました。偏見が邪魔をして、もしかしたら面白いのかもしれないのに見過ごしてきたようなものを観るなら、今はまさに恰好のタイミングだと思っていました。

近所に暮らしている息子もたまに私に便乗して、彼の知らない古い映画を時々見ていましたが、中でも小津安二郎《おづやすじろう》の『東京物語』の、時代の過渡期を押しつけがましくなく描くテクニックに感動を覚えたようです。

＊

小津安二郎以外にも、成瀬巳喜男《なるせみきお》、木下恵介《きのしたけいすけ》や山中貞雄《やまなかさだお》といった、監督たちがしのぎを削るように作品を生み出していた戦前戦中戦後の時代は、監督だけでなく、照明スタッフや撮影監督たちも、こだわりの塊のような人々ばかりで、彼らの映画に掛ける情熱と溢れんばかりのエネルギーは画面を通してもじわじわと伝わってきます。一人がいい作品を撮れば、相乗効果が発生し、お互い良質の業を持って触発しあい、競い合うように作品を生み出しているのです。映画というエンターテインメントの影響力と可能性に、そこに携わる誰もが知的好奇心を縦横無尽に放出させていた時代だったと言えるでしょう。この現象はどこか15世紀にイタリアで発生したルネサンスを思い起こさせるものがあります。

小津と言えば一緒に思い出すのが女優の原節子《はらせつこ》さんですが、彼女のような女優が存在していたのもあの時代の特徴と言えるでしょう。

原さんは見目形《みめかたち》の美しい人として生まれましたが、本人がそれを自覚したのは、周りの反応によってでした。彼女が自ら望んだわけでもない俳優という道に進んだのも、自分の授かった〝入れ物〟が、人々に求められていることを知り、それが仕事になると気が付いたからなのでしょう。原さんはどの映画を見ても、自分の演出の仕方を分かっていますが、決して自らの美しさに自負したり、甘んじたりはしていません。ペルソナである〝原節子〟に従属することはありませんでした。だからこそ、彼女は引き際というものもよく分かっていたのだと思います。

原節子さんの出演している作品はたくさんありますが、中でも私が好きなものに、木下恵介の『お嬢さん乾杯！』（1949年）があります。没落貴族のお嬢様・恭子（原節子）と自動車修理業を生業とするボクシング好きの圭三（佐野周二《さのしゅうじ》）の身分違いの恋模様を描いた作品で、互いにないものに惹かれ、最終的には二人を阻むハードルを超えていく、というコメディ性の強い画期的な現代劇ですが、原節子のどこかとぼけたコメディエンヌっぷりといい、二人に縁談を持ち込む圭三の得意先の専務を演じる坂本武《さかもとたけし》といい、役者たちの演技も素晴らしい作品です。

この時代に作られた作品では、いい味を出している高齢の俳優たちがごくごく自然に、「老人」という枠組みを超え、決してわざとらしくなく作品の中に存在しているように感じられます。私の大好きな浦辺粂子《うらべくめこ》さんは、まだ40代のうちから老女の役をいくつもの映画作品で演じてきた人ですが、老齢の人間を堂々と演じる力量を踏襲できる彼女のような女優は現代ではなかなか思い浮びません。笠智衆《りゅうちしゅう》さんにしても、志村喬《しむらたかし》さんにしても、内に秘めた燻《いぶ》し銀の輝きは隠しようがなく、時に主人公以上に目を奪われることもあるほどです。昔の日本の映画における老人たちは、作品に確実な質感を与える上でも重要な存在だったと思います。

こうした作品を目にすると、世界各国の映画に触れ、多様な価値観に触れることも大切ですが、我々はもっと自分たちの文化のルーツとなる、古い時代の日本映画を観る必要があるのではないか、と感じます。

明治維新に始まり、戦後のアメリカのＧＨＱによる統括を経て、日本人はまるで西洋の思想や理念が世界における基本的価値観であるかのように刷り込まれてしまったところがありますが、このような戦前戦中戦後の日本の映画作品を改めて観てみると、同じ日本人でありながら、ほんの数十年前には我々とどれだけ考え方が違っていたのかが分かって、感慨深くなることでしょう。

●若かろうが年寄りだろうが

数年前、飛行機の中でアン・ハサウェイとロバート・デ・ニーロが共演した『マイ・インターン』（２０１５年）という映画を観たことがありました。シニア・インターン制度で採用された70歳の男性が女性向けファッション通販サイトの女性社長とともに試練に立ち向かうという、分かりやすい内容のアメリカ映画ですが、私にはどのように「老人力」を活かしていくか、社会の将来に視点を当てた作品のように見受けられました。

どこの国でも「歳を取ったから後進に席を空けよう」「若い才能を見つけ、輝かせる立場になろう」と、老齢者は第一線を退き、若い人を育てようとする流れは同じです。ただ、今は一昔前とは事情が違います。団塊の世代以降、日本の人々はあきらかに長生きをするようになりましたし、心身の年齢も一昔前と比べれば随分若々しくなりました。実年齢に7掛けすると30年くらい前の日本人年齢になるんだそうで、例えば今70歳の人であれば一昔前の49歳、60歳であれば一昔前の42歳、ということです。サザエさんのお父さんである磯《いそ》野《の》波《なみ》平《へい》が54歳であることを踏まえると何となく納得がいきますが、つまるところ、若かろうが年寄りだろうが、そこから生み出されるもののクオリティが高ければそれでいいし、集団における新陳代謝ばかりを気にして、なんでもかんでも新しい風を取り入れていけばいいわけでもないんじゃないか、と自分も歳を取ってきてよく思うようになりました。

個々の演奏家の集合組織である「オーケストラ」を例に取ると分かりやすいかもしれません。オーケストラというのは社会の縮図のようなものではないかと常々思っていますが、演奏を聴く身からすれば、年齢のバランスを配慮し、若さを尊重した団員たちで構成されるよりも、演奏のスキルが高い団員たちで構成されているほうが、演奏も良くなるような気がします。技巧の面では後進に敵わなくとも、熟練した経験値によって演出力に優れた演奏家だっているわけですから、そうした才能を、年齢を理由に排除するのはもったいないと思うわけです。

私が関わっている漫画の世界にも同じことが言えます。一冊の漫画雑誌を手に取った時、そこに若手の作家だけが掲載されているようでは読者層も限定的になってしまうでしょう。でも、今ではちばてつやさんのように1930年代生まれでも現役の漫画家はいますし、70歳以上で普通に漫画雑誌に連載を持っている作家さんは他にもたくさんいます。そういう人たちが若い人たちと混ざって出来上がっている雑誌は一種のオーケストラと言えるでしょう。老若男女一人一人が表現者として品質の高いものを持てている人たちで構成されるようになって、初めてそこで成熟した社会が成立するのではないかと思います。

自分の頭で考える

日本ではツイッターをはじめとするＳＮＳが盛んですが、イタリアではツイッターはあまり人気がありません。もちろん利用者は大勢いますが、言いたいことで飽和状態になっているイタリア人にとって文字数の制限はこの上無いいら立ちの要因となるでしょう。それから、リツイートボタンや「いいね！」ボタンを押して無闇に相手に同調することを嫌う国民性も影響していそうです。イタリア人たちは、日本人と違って群れという調和が優先ではありません。イタリアに限らず、西洋の国々はもともとそうした独立した意思を持つ国家によってできている社会です。

かたや日本人は大陸のように外部から国境を越えていつでも人が押し寄せてくるようなリスクもなかったため、島国の中で常に調和を優先しながら生きてきた民族です。誰かが突出してしまうと調和が乱れてしまい、社会の存続に危機が生まれてしまいます。しかし、ヨーロッパは歴史的に見ても調和よりも統率力のある指導者を求めてきた社会です。キリスト教のような一神教が普及するのも、人間には指導者が必要だという精神性がベースにあるからなのではないでしょうか。

ですからヨーロッパやアメリカでは、自分の言葉で語れる人、自分の言葉で相手を説得できる人を育てるために、ディベートやディスカッションの時間が小学校でも重視されています。欧米の人たちが社会で生きていくうえでは人前で自分の考えを言語化するディベート力が問われるのです。

「先生の言うことを静かにしっかり聞ける人になろうね」という教育ではなく、「自分の頭の考えを言葉に換えて発信できる人間になろう」という視点が幼い頃から教育の中にしっかりと組み込まれているということです。根本的な教育理念の中に、自分の足で立つことの重要性が明確に示されていると言っていいでしょう。他人の言われたことをただ聞いていればいい、無難にやり過ごそうという姿勢はたとえ高齢者であっても見られません。言いたいことを自分の言葉で語る姿勢は、何歳になっても健在です。

義理の父母もよく夫婦喧嘩をする人たちでしたが、指摘をすると「あれは喧嘩ではなく、ちょっと強めのコミュニケーションだ」と返されます。実際彼らの喧嘩は言いたい放題、とにかくどちらかが疲れるまで思いのたけをぶちまける。家の中であろうと屋外であろうと、いったん情動に火が付くと制御できません。でも、それが彼らが好む、精神面での〝風通しの良い〟生き方というものなのでしょう。

現在のパドヴァの家に移り住む前、一時期ベネチアで50件ほどの不動産を見たことがあります。ベネチアで暮らすにはとにかく体力を要します。交通手段が運河を行き来する船と自分の足だけなので、ここに暮らす人は皆自ずと体が鍛えられていくのです。不便であるくらいが長生きの秘訣となっているということでしょう。住民の10人に一人が100歳を超える人口700人の小さな南イタリアの村アッチャロリ村だって、坂道だらけの不便極まりない場所にありますが、老人たちはそこで普通に暮らしています。別段自分たちが不便な場所にいるという意識はあっても、だから何？　と言ったところでしょう。

こうしたことから見えてくるのは、心身どちらも省エネ的に楽をして生きようとすると、肉体的にも精神的にも結果的に老化を早めてしまうということです。喧嘩も愚痴もエネルギーを要する表現ですが、ないよりはあった方が頭の健康を保ち続けられるだろうと、イタリアをはじめとする諸外国の元気な老人たちを見ていると常々感じています。

第3章

善く生きる

●ソクラテスの「善く生きる」

古代ギリシャを代表する哲学者、ソクラテス（紀元前４７０年頃-紀元前３９９年）の言葉に「ただ生きるのではなく、善く生きるのだ」という言葉があります。

「善く」とはどういう意味なのでしょう。なかなか捉えどころのない漠然とした言葉ではありますが、２５００年の時を経ても尚、その言葉が人々の記憶の中に留まり、生き続けているということは、人類にとってそれなりのインパクトを発信し続けているからなのでしょう。

「善く生きる」の私なりの解釈は、命を地球の摂理に背くことなく、そして人間として備えている機能の修練を怠らず、満遍なく生きていく、というものです。例えば我が家の今年14歳になる金魚などを見ていると、日々金魚として携えている機能を妥協なく使いながら懸命に生きています。彼か彼女かわかりませんが、見ているとその健気かつ真っ当に命を生きている姿勢に感動を覚えます。

この金魚は12年前、日本の帰国中に出かけた近所の神社のお祭りで、どうせ失敗するだろうと挑んだ久々の金魚すくいで掬《すく》われてしまった二匹のうちの一匹です。こうした屋台の金魚は薄命なのが常なので、私は毎朝目が覚めるたびに、水面に浮かんでいる金魚と対面する心の準備をしつつ水槽の確認をするわけですが、なんとあれから12年、一匹は昨年亡くなりましたが、もう一匹は今日も元気に生き続けています。

体の大きさも屋台で掬った当初の10倍くらいになって逞しそうに見えますが、人間の年齢にしてみれば高齢もいいところでしょう。金魚にも高齢なりのサインは現れるようで、脇腹には大きな脂肪の塊が突出し、見るからに痛々しい様子です。でも、そんな姿になっても一生懸命に泳ぎ続けている姿をみると、人間も生きる意味とは何ぞやなどと余計な感慨で頭を満たす以前に、命に対し、シンプルかつ従順に生きなければだめだな、などということを考えてしまうのです。

＊

ソクラテスの言うところの「善く生きる」というのは、長生きを推奨しているものではありません。地球上の生物で寿命にここまで拘って生きているのは人間くらいでしょう。

我が家で飼ってきた犬や猫、そして金魚や昆虫たちを見ていても分かりますが、命の個体差は歴然としています。そもそも「長く生きることこそ徳だ」と考えるのは人間のみであり、他の生物たちはそうした寿命の個体差を当たり前のこととして受け入れて生きているわけです。

50歳で死のうが100歳で死のうが、時間の長い短いという価値観はあくまで人間の決めごとに過ぎません。ソクラテスの〝善い〟という言葉には、命の長さより、命を生き抜くうえでのクオリティが問われているのです。

著名人が亡くなると、それがたとえある程度の高齢者であっても「早すぎる死」だの「残念」だの、「まだ活躍してほしかった」だの、どうしても死を負の顚末として捉える報道がメディアには溢れます。そういう報道を目にすると、長生きできないことは人を失望させたり悲しませてしまう、人としていけないことなんだ、と捉えるしかなくなってしまいます。寿命がどれだけだったにせよ、皆さん授けられた命をそれぞれ精一杯に生きてこられたのだから、未練たらしい言葉ばかり羅列している記事を見ると少々違和感を覚えることがあります。

慣れ親しんできたその人の形が消え、その人のエネルギーをリアルタイムで感じられなくなってしまう悲しみの恐怖感から、我々はいつの間にか死を否定的なものとして扱うようになってきましたが、地球上に生きている生物にとっては、ごく当たり前の現象が起こったに過ぎません。

生き物の番組で死んだ個体の周りに仲間が集まって、まるで弔っているかのような映像を見たことがありますが、大仰なBGMが流れ、人間的な情緒性を込めたナレーションをかぶせてドラマティックにしていました。その動物番組もそうですが、倫理育成のためとはいえ、死に対して一方的な価値観を押し付けすぎなんじゃないかと感じることもあります。

母が亡くなった時、悲しみに打ちひしがれるわけでもなく、毅然とその状況と向き合い、母との思い出も穏やかな幸福感と、時には笑ってしまうようなおかしさを感じることはあっても、ちっとも大きな喪失感に陥らない自分が不思議でなりませんでした。子供の頃は、母が死んだら自分も悲しさに押しつぶされて死んでしまうんじゃないかという不安を抱いていましたが、まったくそんな気持ちにはなりませんでした。飼い猫が死んだ時は4ヶ月も泣いて暮らしたのに、なぜ母の死にはそうした激しい感情が湧かないのか。わざと「母はもういない」と自分に反芻《はんすう》させ、喪失感が感じられるかどうか試してみたりもしたのですが、もう会えないのは分かっていても、母の姿を懐かしくは思っても、やはり辛い感情は湧き起こってはきませんでした。

それは恐らく、母が自らが携えているあらゆる感受性、あらゆる可能性、あらゆる好奇心と行動力を常にフルに稼働させ、後ろ向きになることなどなく命を謳歌してきた人間だったからかもしれません。ソクラテスの言うところの〝善い〟生き方というのがそこには当てはまるような気がします。そんな母の姿を子供の頃から見てきたことも影響しているのでしょう、母が残していったのは、これからを生きる私たちへの前向きなエネルギーだけでした。

我が家の金魚は天から授かった金魚としての生命機能をフルに使いながら生きていますが、母も、体はもとより、喜びも悲しみや苦しみといった、人としてのあらゆる感受性を全て使いこなし、音楽という世界に本人にできる限りの全てを捧げて生きてきました。母のように人間をエネルギッシュに生きた人と同じ時代を共有できたおかげで、私も随分いろんな目に遭いつつも、散々な思いを重ね人間社会に嫌気がさしても、生きることをこれまでこうして頑張れたのだと思っています。なので、彼女の死に大きな喪失感を覚えたり、打ち沈むことがないのだと思います。

こうした前向きな感覚を残してくれる死があるのだということを、世の中の人はもっと知るべきなのではないかと思います。そうすれば、死に対しても恐怖心や拒絶感ばかりを感じるのではなく、もっと堂々と歳を取っていけるんじゃないでしょうか。

●表層的ではない優しさ

人間に携えられた知恵の一つに「思いやり」というのがあります。北海道で過ごした子供時代、周囲には自分のメリットや便宜性など顧みず、赤の他人である私を心から思いやってくれる、要するに〝利他性〟の旺盛な人々が普通にいました。彼らに優しく接して貰った思い出は、記憶の深いところに刻印されているので、今も時々脳裏に鮮明に蘇ってきます。『テルマエ・ロマエ』がヒットする前の私の作品である『ルミとマヤとその周辺』は、まさにこの時代の、忘れられない人々へのオマージュとして描いた漫画であり、私個人としても自分の作品の中では一番気に入っています。

市営の団地に暮らしていた小学校時代、放課後はいつも山や川といった大自然の中を駆け回っていた私は、全身汚れ放題でした。そんなわけで団地のそばに銭湯があったのは何よりもありがたく、母がいる時もいない時も、近所の銭湯には週に何度も通っていました。

母は、家にある狭い風呂より銭湯を好む人でした。長期の休暇で東京の母の実家に戻ると、そこには立派な内風呂があるにもかかわらず、近所の銭湯へ私たちを連れていきました。母の両親である私の祖父母もまた、「せっかく目と鼻の先に銭湯があるのに、狭い内風呂に入ることはない。銭湯の方がよほど寛《くつろ》げるし、いろいろな人とお喋りができて楽しい」と口を揃えていたのを思い出します。銭湯好きというのはどうやら親から子へと引き継がれていくようですね。

*

北海道の団地の近くにあった〝滝の湯〟の銭湯の番台にいたのは、柔らかな笑顔の小柄な高齢の女性でした。絵に描いたような「いいお婆ちゃん」で、母と私と妹で暖簾をくぐると、「お金なんていらないから、ゆっくり入ってきなさい」と番台に置いた小銭を受け取ろうとはしませんでした。

我が家が母子家庭で生活が大変だということを慮ってくれていたのでしょう。ある日、「お母さんがいなくても、あなたたちだけで来てもいいのだからね、遠慮しちゃいけないよ」と、声を掛けてくれました。その言葉に甘んじて、私と妹は母がいなくても滝の湯へ行くようになったのですが、お婆ちゃんの孫娘が私と同級生だったため、私たちが行くと彼女も隣接した住居から出てきて一緒にお風呂に入ることもありました。

風呂から出ると、「そこの冷蔵庫の中の、飲んでいきなさい」と言って勧めてくれることがありました。私は何と言ってもフルーツ牛乳、妹はコーヒー牛乳。ガラス張りの冷蔵庫からその2本を選んで「いくらですか?」と尋ねても、「いいから、いいから」と微笑んでいるだけなのです。帰りがけには、「二人だけで帰すのは心配だから」と、その場にいた大人たちに近くまで送るよう頼んでくれることもありました。

同じ団地や近所の住民の中には、生活力があまりないような人々も含まれていました。そういう我が家にしても、傍《はた》からしてみれば素性のよくわからない不思議な家族だったはずですが、むしろそんな環境だったからこそ私も妹も、世間体に縛られることなく伸び伸びと育つことができたのかもしれません。

近くで暮らしていた看板屋さんにしても、雑貨屋や食料品店の店主にしても、人知れず苦労を重ねてきたのは表情から見て取れましたが、それに対して何か負になるようなものを背負っているような気配もなく、みな飄々と日々を過ごしていました。一人暮らしをしているご老人もいれば、どこからどう見ても水商売をしている女性もいましたし、私たちの向かい側の部屋に住んでいた初老のおじさんの腕には入れ墨が入っていました。いつも夜遅くまで麻雀の音が聞こえてくる隣室に回覧板を届けに行くと、モクモクとした白い煙が部屋の外まで流れ出し、パチンコで手にしたと思われるお菓子を「ほら」と持たせてくれることもありました。「またお母さん、これで忙しいのかい」と入れ墨の入った方の手でヴァイオリンの弓を動かしているような仕草をして見せ、「お留守番、たいしたもんだねえ」と褒めてくれることもありました。クラシック音楽の知識など無いおじさんが、ヴァイオリンというものを認識している仕草をして見せてくれたのがとても印象的で、それを母に伝えると「あらやだ」と笑っていたのを思い出します。いろんな人たちがいるけれど、きっといろいろなことがあるのだろうけれど、皆それぞれの毎日と向き合いながら他者を慮りつつ、自分たちの等身大と向き合って謙虚に生きているのが、子供心にも心強いものがありました。

人前で気取ったり、自分を誇張したりすることがたいした意味を持たない北海道のそんな田舎では、表層的な人間付き合いなどありません。明日を生きるのに必死な人たちの中で表層を装っても何のメリットもありません。生きていくのはなかなか大変なんだということを体感しつつも、皆楽観的に、そして前向きに捉えて生きている、そんな団地の環境というのは結束しているわけではなくても立派な一つのコミュニティであり、私たち姉妹が団地全体で守られていた子供であったように、さりげなく互いを気遣い合っているような空間でもありました。

北海道というのはただですら、自分たちの拠り所であるべき故郷を去ってきた人達によって開拓されてきた土地です。一緒に火山灰地や熊笹の原生林を開拓してきた同志意識はあっても、昔から根付いている郷土愛というのはありません。それぞれが皆自分たちが属していた組織から出て、新しい場所で新しい人々と新しい社会を築くための、新天地に挑む心構えを抱いてきた経験者です。

こうした北海道人独特の執着心の無さや、おおざっぱな物事の捉え方は、私たちのような特殊な家族にとってはありがたいものがありました。そして、東京の家から出て北海道に暮らす決意をした母という存在もまた、音楽という文化的分野での開拓者でもあったと言えるでしょう。

そんな団地の環境がある一方で、同じ小学校に通っているものの、比較的裕福な職業についている親たちからは、私は父親がおらず、母親は音楽家という特殊な家に育った子供として警戒されていました。

お友達に遊びにおいでよと誘うと「マリちゃんちはお父さんもお母さんもおうちにいないから行っちゃだめと言われる」という答えを何度となくされたものですが、かといって私もそれに傷つくことなく、まあそんなもんだよな、と気軽に受け止めて、そういう子供たちとは学校にいる間に遊ぶようにしていました。社会には必ず格差が発生するものだということを、そしてそれがそもそも人間の社会というもののあり方だということを、あの頃から実感することができていたのは、大人になってからの強みにもなったと思っています。子供の頃からこうしたユートピアとはとても言えない人間の社会の実態を目の当たりにしてきたことが、今の私を象《かたど》る大きな基盤になっていることは確かです。

●トロフィーなんていらない

「だれかで終わるな。」。これは私が客員教授をしている美術大学の何かに書かれていたコピーです。誰かで終わってしまったら、なぜいけないのか。芸術家を志す生徒たちが集まる場所ですし、芸術を志すということは、確かに一般的な生き方とはかけ離れた道に進むことを意味するのだから、なるほどな、と思う傍で、私はちょっとした違和感を覚えました。

「何者かであれ」「オンリーワンであれ」ということは、つまりその他大勢の一人ではあるな、当たり前の存在でいてはならない、群れの一人ではなく、群れを率いるくらいの立場になれ、ということなのでしょうけど、そもそも何者かになる人は、何者かになろうなどと思わないうちに、無意識のうちになっているものではないかと思うのです。少なくとも私の身の周りにいる息の長い表現者は、自分が何者かでなければならない、という意識など持ったことはなく、気がついたら人々が後ろをついてきていた、という場合がほとんどです。

明治維新以降、こうした文明的人間への挑発が著しくなっていったのも、西洋式教育の影響を受けて行ったからなのだと思います。キリスト教のような唯一神を崇《あが》める宗教が一般社会に浸透している西洋では、人々はキリストのようにたった一人でも満身創痍となって多くの民から支持を集められる存在を目指すべきであり、その志が良い人間をつくり上げる、という意識を子供の頃から教え込む傾向がありますす。しかし、日本にはキリストのような一人のリーダーを崇める宗教は根付きませんでした。八百万の神がベースとなり、何はともあれ、人と人とは絆と調和、という意識が根幹にある日本人には、周りから突出した存在になる、という概念はもともと無かったはずです。

人間というのは、もともと社会的な生物です。群れの中で生きていくという本能的習性があるわけです。とはいえ、地球は様々な地域的特徴を携えていますから、場所によって、この〝群れ〟のかたちも様々です。

日本の場合は、島国という特徴ある地形につくられた社会なので、大きな大陸の国家のように、始終陸続きで国境から他民族の侵入に怯え続けてきた過去はありません。島国というのは宇宙船のように、国という組織をうまく保っていきたいのなら、その中で生きる人たちは周りを挑発したりせず、あらかたの思想の統一と、平穏かつ安泰な調和が求められます。

しかし、そこにキリストのような特異なカリスマを持った人が現れてしまうと、思想で人々をまとめていくのが厳しくなります。そう考えると、日本の社会は、どちらかといえば、イワシやハチのように、大きな一塊として成り立つことが向いている社会なのかもしれません。

例えば、ミツバチの社会を見ても、一匹の女王バチに対し、働きバチがいて、雄バチがいて、とそれぞれの役割分担があります。すべてのハチが女王バチになってしまってはハチの社会は成立しないうえ、その逆もまた然り。同じことは人間にも言えるわけですから、〝何者〟ではない〝誰か〟なくして社会というものは成立しなくなります。

かといって、中国のような社会主義国が目指しているような、知性も個性も必要のない、中枢が操作しやすいだけの国民の総同一化のようなものとも日本は違います。国民の総同一化は、人間が備えているあらゆる精神的機能を払拭し、個性を持たない人間になることを意味します。日本人の必要としている社会は、そういうものではないでしょう。

ミツバチの社会構造は大変優れているけれど、私たちは昆虫と違って人間というメンタリティを持った生き物であり、食物の生産性と遺伝子の存続だけを考えて生きていくことはできません。私たちはメンタリティにも良い栄養を供給しなくては生きていけない生物なのです。

何者かであれ、というのは要するにそうしたメンタリティへの栄養従事者となれ、ということなのでしょうけど、それは先ほども言ったように、そうしたことに携わる条件下に生まれてきた人たちが従事することだと思うのです。もしミツバチにもメンタリティがあったら、かならずメンタル分野に従事する働きバチというのも、彼らの社会に存在していたはずです。

そして、〝何者〟と称されることになるような人、とくに表現者になるには、そうした社会に帰属していくうえで、あらゆる不条理を経験し、内側から溢れ出すものを自分なりに形にしアウトプットしていかなければ生きていけない、という境地に至った人が必然的にそうなっていくように思います。

私たちは歌手や俳優や漫画家といった、人々に賞賛されて生きる表現者たちを羨ましく思うことがありますが、彼らは、例えばマリリン・モンローやエルビス・プレスリーやマイケル・ジャクソンのように、社会の不条理の中で、誰からも守られることのない子供時代を過ごし、そこで育まれたやり場のない感性を、なんらかの形で放出する必然に駆られていた人たちと言っていいでしょう。

もちろん昨今では、そんな酷いトラウマを背負わなくても人々を感動させられる表現ができるエンターテイナーもたくさんいます。誰だって努力と工夫をすれば、エンターテイナーになれる可能性はあります。

ただ、生きる辛さや苦しみと対面してきた人たちの生み出すものはやはり一筋縄ではありません。怨嗟《えんさ》や悲しみを表現という稼働力に置き換えている彼らからは、平和に生きていた人間がどんなに頑張って学習をしたり模倣をしたりしても、敵うことのないものが生み出されるからです。そういう人たちのほとんどは、表現者としての成功を目論んでいたというよりも、生き延びていくために、自分を生かしていくために、何者かにならざるを得なかった人たちだということです。

＊

私たちは生まれてくると親からの期待を背負います。夢を抱くことを求められ、その夢に向かって一生懸命に努力を怠らない、そんな姿勢こそが理想的な人間をつくり上げていくのだと私たちは教え込まれ、様々な分野で成功を遂げた人たちを生きる目標に掲げます。しかし、私はこの「夢」というのが曲者なのではないかと思うのです。

夢を抱くことはいくらでも自由です。夢は気持ちを高揚させ、モチベーションを上げてくれる、人間にとって必要不可欠なものであることはわかります。しかし、もしこの夢が叶わなかった場合はどうしたらいいのか。自分の人生が計画通りにならなかった場合、思い描いていたビジョンが実現しなかった場合、私たちはどうしたらいいのか。学校も親も、誰もそんなことは教えてくれません。

生まれてきたからには、何か存在証明となるようなことをしておかなければならない、という発想も人間という生物特有のものですが、要するに世間から賞賛されるというのは、生まれてきたことへの正当性への評価であり、生き延びていくための力にもなります。何かあった場合もノアの方舟に乗れる存在を、親は子に求め、学校ではそういった志を抱くように教育されるわけです。

しかし、人間は社会に賞賛されようとされまいと、特別な存在になろうとならなかろうと、何はともあれ生きていかねばなりません。というか、生きていく権利があるのです。大輪のバラやダリアであろうと、タンポポであろうと、大気圏内において生きていくという意味ではどれも同じです。むしろ、野菊やタンポポのような、野原を埋める謙虚なりとも健気な様子の花々こそが、生き生きと、しかも力強く生きているのが自然の姿です。

誰も彼もが華やかなダリアやバラであることを目指すのではなく、野菊やタンポポのような「中庸」も人間としてどれだけ貴重で特別なことなのか、どれだけ必要不可欠なことなのか、それを私たちはもっとしっかり認識するべきなのだと思います。

落語などを聞いていると、江戸時代の人々は今の人間ほど自分に対して存在理由だの、生きる意味だの、そんなことにとらわれることも拘ることもなく、自分という等身大の人間と日々付き合っていたのかが見えてきます。どんな生業であろうと、貧乏であろうと金持ちであろうと、しょせん人間は人間。やることなすことダメなものはダメ、いいもんはいい、という潔い解釈を軸にあらゆるネタが笑いとして昇華してしまう、そんなエンタメに人が集まっていた、あの時代の人間は今よりずっと伸び伸びしていたように思われます。

自分を等身大以上に見せようとする必要はありません。それは加齢についても同じです。80歳でありながら、たるみも皺もまったくないお婆さんは正直見ていて不穏です。歳を取っても、これだけ生きてきても、まだ若造りをしないとだめなのか、と人を不安に陥れられるからです。自然の摂理を受け入れてお婆さんになることは許されないのかと、辛い気持ちになるでしょう。老齢になるとなにかと不都合が増えるから、若いに越したことはない、という逃げ腰の姿勢はやめて、江戸時代のように堂々と命を謳歌する老人が、なんとかこれから増えていかないものかと切願しています。

江戸時代の絵師、伊藤若冲《いとうじゃくちゅう》の作品に金刀比羅宮の奥書院に描いた「百花図」というものがあります。そう広くもない部屋の四方には金箔をベースにしたあらゆる花々が描かれており、面白いのはその花の描かれ方です。花の絵といえば、普通であれば花びらが開いた花の一生で一番美しい時期を皆さん想像されるはずです。ところが、この「百花図」に描かれているのは、蕾から枯れゆくものまで、あらゆる花の状態なのです。

葉っぱは茶色く変色し、虫食いだらけ。今も花の命を終えんとする、透き通った花びらを開いた花の脇には、まさに今花としての旬を迎えた若い花が咲き誇っている。でも、見ている人にはなぜか、その咲き誇っている方の花よりも、人生を終えて静かに花びらを落とそうとしている花の方が、印象的かつ美しく見えるかもしれません。

この「百花図」には、まさにこうした、紆余曲折を経てきたかのような、植物でありながらも何か人格めいたものを秘めた花々が描かれているのです。伊藤若冲は奇才と呼ばれた人ですが、さすがその辺の着眼点も一筋縄ではありません。彼が「百花図」で描いたのは、まさに命というものの等身大のかっこよさと、美しさだったのです。

●老人は「老害」で結構

なぜ日本では「老害」、つまり「老齢による弊害」という意識が生まれ、多用されるようになったのでしょうか。

昔から「老の戯言」という言葉は存在しましたが、自分のことばかりを話す、同じことを繰り返すといった行動は、直そうと思って直せるものではありません。こうした加齢による面倒臭い現象を「老害」という言葉で括り、年長者に対し目くじらを立てたところで事態は変わらないので、それならいっそのこと諦観してうまく付き合っていった方が良いのではないかと思うほどです。

例えば先述した落語の世界では、この老害がいつもいい塩梅の笑いのネタになっていますし、私も、夫の実家の老女二人のすっとこどっこいをギャグ漫画にしてしまいました。老人の不条理も、そうやって客観視してみると、なかなか味わい深かったりもするものなのです。

昨今ではアルツハイマー病にも画期的な効果をもたらす薬が開発されていますから、もしかすると近い将来、外側も内側も老化そのものを防ぐような薬というのができるかもしれません。そうなると「老害」という言葉が今ほど頻繁に使われることも無くなっていく可能性もあります。

とはいえ、それもまた自然の摂理への抗いともいえますから、そんな薬は使いたくないという人も出てくるでしょう。私も、いざそんな薬が手に入るとなったところで、すぐに手にするかどうかは分かりません。今までの自分を振り返っても、散々いろんなことをやってきていますし、無理せず自分の寿命に忠実でありたいという思いも強いので、マリ婆さん人に迷惑かけまくって老害、と言われるであろう頻度が増えることも、今から覚悟しておきたいと思っております。そして、自分が本当に手に負えないお婆さんになる頃には、イタリアに戻っていれば「老害」圧力をそれほど受けずに過ごせるかもしれません。

イタリアのように「年長者はどんなに扱いづらくても、長く生きてきた人間なんだから、敬うべき」という考えに優位性がもたらされる社会と、「老害」という言葉が蔓延《はびこ》る社会の根本的な違いは、老人と若者を〝経済生産性〟という天秤にかけているか否かという点にあるような気がしています。豊富な経験から生み出される言葉の重みや知恵といったものは、損得勘定や生産性といった考え方とは相容れないものどころか、真逆をいくものです。

歳を取るとだいたいの人は自分のことばかり話すようになり、若者たちはそれを嫌がる傾向にありますが、老年期に差し掛かれば皆、利他のために生きるのはやめ「自分とは何者だったか」と、自分のアイデンティティを象ろうとするようになるものです。祖父得志郎においては、私が小さかった頃からすでに自分がアメリカで暮らしていた時の話ばかり繰り返し、同じ写真を何度も見せられ、亡くなるまで彼はアメリカの思い出話を語り続けていました。母は祖父が遅い時期に生まれた子供だったこともあり、私の物心がついた頃得志郎はすでに80歳くらいでしたから、そもそもお爺さんというのはこういうものか、という認識でいたものでした。

イタリアがなぜ年寄りを敬うのか、という理由の一つには、実際私も経験をしてきたような、日常における老人との三世代同居も影響しているのかもしれません。キリスト教的倫理が軸となっているイタリアでは高齢者施設が日本のように普及していませんから、三世代同居は珍しいことではありません。なので、子供の頃から老人というのは物忘れをしやすく、同じ話ばかり繰り返し、時には不条理な存在なんだということを知って育つと、老いに生じる不具合は「害」でも何でもなく、自然の現象なんだと思うようになるのかもしれません。

＊

日本には「シニア割引」や「シニアデー」といったものがあり、老人を一括りにし、社会の一角にまとめて押し込もうとする傾向があります。その結果、老人たちは社会の枠からはみ出すことに躊躇《ちゅうちょ》し、若者たちと混じり合う機会が奪われていきます。

日本でも、例えば地方の港町の漁師のコミュニティなど知識と経験がモノを言う世界に行けば、年長者はむしろ敬われていると感じます。老いることは、屈辱的なことでもなければ恥ずかしいことでもないのですから、老人たちはもっと威張り腐って言いたいことを言えばいいのです。かっこいい社会、スムーズに物事が運ぶ社会、足手まといのいない社会を理想としたくなるのは分かりますけど、社会、もとより人間というのはそう合理的にはできていないということを、もっと真正面から直視するべきなのです。

世界に目を向け、グローバルな視点を持つことの重要性ばかりが取り沙汰されていますが、もっと身近な環境や狭い世界の中でいかに年齢の異なる人々や苦手意識のある人々と付き合っていくかを考えることを忘れてはいけないと思います。都合の良い人間ばかりの社会を目指すばかりに、狭窄的で不寛容になってしまった社会が、世界とうまく繋がれるとは思いません。

●老いと芸術

マノエル・ド・オリヴェイラというポルトガルの映画監督をご存知でしょうか。2015年に106歳で亡くなるまで現役最高齢の監督として知られていましたが、年齢と逆行するかのように晩年に近づけば近づくほど色鮮やかな世界をスクリーンに焼きつけるその作風が強く印象に残っています。キャリアの初期はモノクロをはじめとする抑え目のトーンで内容も暗いものが多かったのに、オリヴェイラのように歳を重ねるにつれ、まるで吹っ切れたように表現や色彩が鮮やかになっていく監督もいます。

同じことは絵画の世界にも言え、老年期になるとパワフルでパンチ力のある絵を描く画家は少なくありません。ポール・アイズピリにしても、パブロ・ピカソにしても、老年期になってからの作品は色鮮やかなものばかりです。

ピエール＝オーギュスト・ルノワールやドミニク・アングルのように、歳を重ねれば重ねるほど作風自体が色鮮やかな方向に向かうだけではなく、それまで鳴りを潜めていたエロティシズムを発動させる画家もいます。とくにアングルは、老年期になればなるほど、まるで銭湯の脱衣場を彷彿とさせるような、生々しい、肉付きの豊かな女性を描くようになっていきました。

＊

なぜそうしたことが起こるのかを考えると、そもそも芸術家たちが世界をどのように切り取り、感じ取ってきたのかが分かります。

生まれてからしばらくは三色だけで彩られているように見えていた世界がやがて六色となり、十二色に見えるようになる。けれど、自分の絵や彫刻や音楽を生活の糧にしようと思う時、自分だけにしか分からない色彩を使っていては商売になりません。十二色だけの色彩感覚の人に通じるよう、たとえ自分の完成が百色であっても、そのうちの十二色だけを使うようにしなければならない、というのもあるでしょう。それがいわばポピュリズムというものですが、その点ピカソなどは生前から大成功を果たした稀有な画家ですから、何色の絵の具を使おうと彼の絵を欲しい人は常にいたので奇特な例だと言えるでしょう。

しかし、そんなピカソですら、晩年になって「やっと子供らしい絵が描けるようになった」と呟いたそうです。「ラファエロのような絵を描くには4年かかったが、子供のような絵を描くのには一生涯かかった」というのもピカソの有名な言葉ですが、彼は実際子供の頃から画家である父親に厳しい英才教育を受けて、子供らしからぬ写実画を描いていました。

老齢期はある種の解放です。生きている時間が短くなってきたと思えば、もういちいち世間体だの人の評価だの気にするせせこましい気持ちは消えてしまうのでしょう。

基本的に精神的スランプを超えた画家たちは皆長生きをしていますが、そこにはそうした精神的ストレスからの脱却が影響しているのかもしれません。自分が描きたいものを描く。ここまで長く生きてきたのだから、これからは自由を謳歌する権利がある。老齢期を迎えた画家たちの作品からは、そんな心の声が聴こえてくるようです。

挫折と幻滅と失望のトライアングル

私は自分の人生で一度、大きな挫折を経験しています。「絵描きになりたい」と夢を抱きイタリアに渡りましたが、油絵だけでは食べていくことなど到底できず、美術学校を卒業してからは長年同棲していたイタリア人の自称・詩人と、お互い絵も文筆も諦めて、生き延びるために致し方なく商売を営んでいた時期もありました。

当時、日本はバブル真っ只中だったため、イタリアに押し寄せる日本人観光客や美術関係のガイド貿易商の取引の通訳など、私にはあらゆる仕事の依頼がありました。宝石の商談の通訳で巨額のお金が取引されるのを目の当たりにしたその夜、家に帰ると、料金未払いのために電気もガスも水道も止められ、冷蔵庫も空っぽという惨憺《さんたん》たる生活。ですが、あの経験のおかげでお金というのは天下の回りもので、全てを解決してくれるものではないということ、そして人間はそう簡単にはへこたれない生き物であるということを痛感したわけですが、その時に培ったそうしたメンタリティが今も私の土台を築いているのだと思います。

＊

漫画の世界に足を踏み入れたのも、シングルマザーとして生きていくと決めてからです。分娩台の上で初めて息子と対面した時「生活力のない詩人と生まれたての息子、二人を養うことはできない」と直感的に感じ、詩人とのボヘミアン的な生活に終止符を打つことを決めました。

詩人と別れるということは、それまで一緒に運営していた商売からも手を引かねばなりません。さてどうしたものかと悩んでいたら「文章と絵を組み合わせれば漫画になるよ、君ならできる」という美術学校の友人の言葉に後押しされ、コマ割もトーンの貼り方もわからぬまま手探りで漫画を描き始めました。

母に頼んで送ってもらった漫画雑誌の新人漫画賞に応募したところ辛うじて一番下の賞に引っ掛かり、その賞金で日本行きの航空チケットを手にすることができました。2歳にも満たない息子を連れ、当時母が暮らしていた北海道に戻ってからは、イタリア語の通訳、大学の講師、テレビの温泉レポーターと来るもの拒まず仕事はなんでも引き受けました。それまでまさか自分という人間がそんなに役立つなどとは考えたこともなかったのと、こなしていった仕事一つ一つに得るものがあったため、子育てを含め毎日慌ただしくも充足した日々を送っていました。油絵はもう諦めよう、長生きできたらそのうちまた描けばいい、と決断したのもその頃です。イタリアでの11年間は何だったのか、美術学校で習得してきた技術は結局なんだったのか、それまでの自分を振り返れば辛さが増長するばかりでしたが、そばで私を必要としている子供の顔を見ていると、そんな後ろめたさもたちまち払拭できました。

フィレンツェで暮らし始めた頃、私が通っていた芸術家のサロンに集う老齢の画家や作家たちからは散々「この日本からやってきたお嬢ちゃん、この世の苦労も社会の出来事も何も分かってないで、どんな絵を描こうっていうんだろうね」と笑われていましたが、本当にその通りだったなと今になってしみじみ思います。

孤独や苦しみ、逃げ出したくなるほどの恐怖と心細さによって齎《もたら》された感覚は、如実に表現の中に現れます。最近私が描いた肖像画は、若かった頃の私には到底表現できるものではなかっただろうとしみじみ感じています。

●失敗を熟成させると

漫画がヒットして日本に足繁く戻ってくるようになってからは、地方の講演会に呼んで頂く機会も多く、時間が許す限り全国各地を飛び回っていますが、言葉というものを盾にして生きていかねばならないイタリアに長くいたことが、こうして役立ってくれているのは嬉しいものです。

とくに関西の諸都市では会場に集まる人々のリアクションや熱気がほかの地域とは明らかに異なり、毎回気合いが入ります。大阪では前方の席にいるお客さんの表情を見ていると、私が発する言葉一つ一つに反応して下さっているのがわかる。相槌を打ちつつ、オチはどうなるのか、オチはまだか、と期待されているのが痛いほど伝わってきたため、お笑い芸人でもないのに「よし、ここで話を一回落として、次のエピソードに繋げるか」というチャレンジ精神も湧いてきました。過去のありとあらゆる恥ずかしいこと、辛かったことが、誰かの笑いや元気に繋がる。そう考えると、過去の自分に感謝したくなるものです。

講演会が終わり裏口から出ようとした時、待っていて下さった高齢の女性から「あんた、おもろかったよ！」と背中を思い切り叩かれ「ま、今日のところは80点くらいやな」と笑って言われた時は「すみません、もっと精進してまいります」などと思わず謝ってしまいました。「期待しとるで」とおばちゃんはニヤニヤ笑って去っていきましたが、やはり元気な高齢者たちがいる場所はこちらも思い切り元気をもらえます。

＊

私は漫画家として、自分や家族の失敗や恥ずかしいことを、ギャグやコメディ漫画へと昇華させてきました。最初は義理の両親にも夫にも内緒にして描いていたのですが、バレてしまった時にはもう開き直るしかなく「いろいろ脚色してますんで」とごまかしました。しかし、彼らはその漫画をまるで他人事のようにゲラゲラ笑いながら読んでいて、心底からほっとすることができました。姑に至っては、全てざっくり内容を把握した後、私を睨《にら》んでいるので「ああついにこれで終わった」と文句を言われることを覚悟したものの、彼女の口から出てきた感想は「こういう女性って本当に多いわよね、夫の妹がまさにこれよ！」と、自分のモデルを他人に重ねた解釈でした。さすがだなあ、と関心していたら、彼女はその本を数冊日本から取り寄せてどんどん周りに配り始めたのです。周囲の人はそこに描かれているイタリアのマンマが彼女自身であることは一目瞭然だったと思うのですが、姑一人が「ね、いるわよね、こういう女ってさ！」と盛り上がっているのには笑ってしまいました。

〝思い出したくもないほど、みっともないこと〟は、長い年月を経て熟成されると、極上の笑いとなります。どんなに恥ずかしいことも無理に蓋をするより、表に出して笑い飛ばしていった方がいい。私はそれを実践することで、自分の中に毒素を溜め込まないようにしているのかもしれません。

「どんな時もスマートに、カッコよく」と気を使ってばかりいるよりも、よほど自分が頼もしく感じられますし、弱点や失敗はいつの日か人を元気にできる最高のネタとなる。そう思いながら過ごせば、毎日を愛おしく感じられるはずです。笑いやユーモアは人間が生み出した最大の〝生き延びる工夫〟なのかもしれません。

夕焼けは雲があるほど美しい

ブラジルの作家、パウロ・コエーリョの言葉に「夕焼けは雲があるほど美しい」というものがあります。

実に巧く言い得ている表現で、確かに雲一つない夕暮れ空よりも、ある程度の雲が鮮やかな茜色や桃色に染まっているほうが、空は圧倒的にドラマティックとなり、心揺さぶられる情景となります。神奈川生まれで東京に実家のあった母は、北海道に移り住んでから、視界の4分の3を満たす空が見せてくれる夕暮れ時の光景に何度となく感動を覚えてきたと話していました。

人生も同じで、一生を終える時に夕焼けが映えて見えるのは、山あり谷あり、紆余曲折があった人生ではないでしょうか。

人間を生きるというのがどういうことなのか、望んできたことも望んでもいなかったことも体験しつつ、なおかつ謙虚な姿勢で、安寧を宿している人に出会うと、私は「本当にいい顔をしているな」と感じます。苦悩や苦渋を経てもたらされた心の平穏さは、仏教でいうところの「悟り」に近いのかもしれません。

＊

絵描きという職業は、経済的生産性もありませんし、映画や音楽のような圧倒的な影響力を持つ表現とも違います。表現で食べていくのはどんな分野であれ皆大変ですが、絵は映画や音楽のような人生における必然性はありません。まだ文学の方が需要があるでしょう。なので、絵描きを目指す人は誰でも「なぜこんなことをやらなきゃいけないのだろう」「こんなことをして何の意味があるのだろう」という、巨大な壁にぶちあたります。私もそうでした。そして、その壁をよじ登れなかった人が、絵を描くことを挫折したり、病気になったり、時には自ら命を絶ってしまう場合もあります。モディリアーニもゴッホも佐伯祐三《さえきゆうぞう》も皆、どんな心の葛藤があったかは知りませんが、皆若くして命を終えた画家たちです。

ところが、この壁をよじ登って向こう側へ行けた人たちの多くは、老齢になっても毅然と絵を描き続けていくわけです。何はともあれ、寿命を満遍なく生きていこうという前向きな姿勢と、どんなに愚かであろうと自分を肯定するという意識は、それまでにあらゆる苦悩や辛酸を経験してきた人にしかおそらく備わらないものなのかもしれません。まさにこうした経験が残してくれるものが、黄昏の空に浮かぶ鮮やかな色彩に染められた様々な雲というやつなのかもしれません。

〝善く〟生きてきた人の黄昏の空というのは、おそらく見る人にも感動と元気を与えるくらい美しいものとなるのでしょう。

第4章

私の老い支度

●ありのままの自分を許す

最近、息子に物忘れの多さを指摘されるようになりました。特に人の名前です。顔は思い出せても名前が出てこない、なんていう話を私と同世代くらいの友人としていると、皆一斉に激しくうなずいていました。必要なものを別の部屋に取りに行って、そこで別な情報が頭に入ってきてしまい、結局最初に取りに行こうと思っていたものとは別なものを持ってきてしまう。弁解するわけじゃありませんが、これも周りの友人に聞くと「もうそんなの日常茶飯事」とのことでした。私の中でも老化は順調に進んでいってるようです。

自らの老いを意識した時、前向きな気持ちで受け入れられる人もいれば、老いていく自分を想像するだけで不安で仕方がなくなる人もいるでしょう。

けれど、私の行動にみられるような老いはそのまま受け入れてしまった方が楽なのではないか、と最近感じることがあります。ありとあらゆる情報が次から次へと頭に流れ込んでくることで、脳がすべてを許容できずに記憶が抜け落ちていくのだとしたら、忘れていく情報はそもそも自分にとってたいして重要ではなかったということになるでしょう。覚えられない人の名前も、結局その程度の付き合いだった、または関心度だった、ということです。なぜなら、忘れられない人の名前はその人との出会いが50年前であっても記憶し続けているからです。

認知症というのも、数十年前まで、日本人の寿命が今よりずっと短かった頃はそんなにメジャーなものではなかったはずです。昔の日本映画を見ていると、50歳になった女性がもうすっかり老女の役で出ていて、通りをゆく人から「お婆さん」などと声を掛けられていました。彼女は歯も抜け、ボサボサの白髪。ここまではやりすぎじゃないの⁉　と違和感を抱く反面で、100年前の日本であれば全然あり得たことだったでしょう。

私も40歳を過ぎてから随分歯の治療をしましたが、これが歯科医療が発達していなかった過去であれば、何十年も頑張ってきた歯の寿命はおそらくそのくらいであり、そのまま歯が抜けてしまうに任せておくしかなかったはずです。そうすると何が起こるのか。ご飯を咀嚼《そしゃく》できなくなるわけです。口にできるのは、栄養価の低い、やわらかいものばかりになっていき、胃腸もそれに合わせて消極的な動きしかしなくなっていく。人は歯を失うことで食を細め、徐々に死への準備をしていたように思います。

しかし現代では歯科医療をはじめあらゆる病気を改善できるようになりました し、サプリメントや何やらで身体の丈夫さだけはキープできるようになりました。しかし、脳の老化に伴う病気の治療はそこまで進んでいない。だから体は元気なのに脳が老化してしまうという現象が起こってしまっているわけです。

人間は肉体の延命に尽力し続けてきましたが、脳とのバランスについてはそこまで考慮されていなかったということでしょう。

息子に自分の物忘れを指摘されたりする時、１００年前であれば私はもう立派なお婆さんで、死を意識した毎日を過ごしていたはずなんだよな、と思い起こします。それもまた、私が日々死についてを考えるきっかけの一つになっていることは確かです。

息子への伝言

私が死んだ時にはどうするべきか、息子には時々リマインドしています。葬儀はさっさと家族で済ませる。交通事故など不慮の死以外、病気などで亡くなった場合は、埋葬なり、どこかに散骨なり、全て終わってから周囲に告知。表現者は死ねば話題になるし、ビジネスにも利用されるから、例えばもしメディアからの「ヤマザキマリの人生を振り返る」といった類の依頼は断ること。ＰＣは中身を確認せずに全て破棄。リサイクルで使えそうなもの、誰かの役に立ちそうなもの、書籍類以外は全て破棄。猫や昆虫の面倒は息子が引き受けること。遺言状にこうした事柄の諸々を記しておくのでそれを確認し、イタリアの家族と揉めないように。

息子は意外と毎度しっかりそんな私の言葉に耳を傾け、不明なことがあれば問いただしてきます。私のように国際結婚をしている場合はとくに、自分の墓をどうするかを含め、死については積極的に話しておくべきだと思うからです。

「そんな、もう今から死んだ時の話を息子さんにするなんて！」という反応をされる時もありますが、関係ありません。むしろ、今知っておいてもらうことで、私も安心してこれからの人生を過ごすことができるというものです。

私は若い時から、寝る前に自分と関わりがあって今はもう亡くなってしまった人たちのことを思い出す習慣があります。祖父母に友人、学校の恩師に私に影響を与えた表現者たち。自分が飼っていたペットたちのことも、金魚やミドリガメに至るまで「その節は寂しい私に寄り添ってくれてありがとう」と感謝をしつつ、彼らのことを思い出しています。という話を息子にしたところ、彼もまた日常的に亡くなった人々を頭の中に思い浮かべていると言うのです。

「あの世があるかなんて分からないけどさ、でもこうやって想像の中だけでもちゃんとコミュニケーションを取っていれば、いつかあの世に行った時、迎え入れて貰えそうな気がする」というのが彼の弁ですが、親子で似たようなことを考えていたとは、と不思議な気持ちになったものです。

あの世がなかったとしても、生きている時分に亡くなってしまった人たちと想像力で接触できるのはなかなか楽しいことでもありますし、寿命と死というものを当たり前のものとして受け入れることがより一層楽になります。

＊

10年後や20年後どうなっているのだろうと問われたところで、私には分かりません。体力だけはあるのでバリバリ働きつつも物忘れがもっと激しくなり、息子に「母、頼むから勘弁してよ」と愚痴られ続けているかもしれませんし、大病を患って寝たきりになっているかもしれません。自分が心から信頼していた近しい人々の死に向き合わなければいけない日も避けられないはずです。

10年先の自分はもしかすると今まで経験をしたことのない辛さを身につけている可能性があります。しかし、私よりも年上の友人たちの様子を見ていると、彼らも散々な思いを乗り越えつつも、それでも大笑いをしたり、馬鹿話をして楽しんでいるわけです。人間なんていうのはそんなもんなのです。

先日70代の友人がやはり同年齢の友人たちとご飯をしている最中に自分たちはあ

と何年生きられるか、という話題になったそうです。がんで胃を摘出した男性曰く「俺あと5年かな」。やはりがんを患ったもののステージが低くて早めに処置ができた男いわく「俺は10年ってとこだな」。こんな塩梅でみな結構飄々と、大仰にではなく、自分たちの寿命の目測をつけていたと聞いて、頼もしいなと思いました。

脳の老化についても息子には、平和な感じでボケていくんだったらそのままにしておいていいから、と伝えてあります。日々悔いのない生き方を鼻息荒く全うしてきたおかげで、正直今どうにかなっても残念無念でも何でもありません。いろいろやっかいなことを忘れていってしまうのは気楽で良さそうですし、残された人も意外にさっぱり諦めてくれます。私も母に対してそうでした。

生きることに全身全霊でまっしぐらだった母を知っていたので、どんどん記憶が失われ、表情から緊張感が解けていくのを見ていると、ああやっと気楽に過ごせるようになったんだな、と私も穏やかな気持ちになりました。でも、それは母がそこまで本当に凄まじく生きてきたから、思えることなのでしょう。怠惰に甘んじず、人としての命を出し惜しみなく懸命に生きてきた人の死は、残された人を前向きにする。それが私にとっての理想の命の締めくくり方と言えるかもしれません。

老い≠罪深いこと

「ぼけていく人に罪の意識を持たせてはいけない。長い時間、たくさん頑張って生きてきた人の包み込み方を、そして人間が人生のどこで本当の優しさを発揮できるのかを、私はこのドキュメンタリーで学んだ」

85歳で認知症と診断された妻と、93歳で老老介護と家事を始めた夫の姿を娘の視点から迫ったドキュメンタリー映画『ぼけますから、よろしくお願いします。』（2018年、信友直子《のぶともなおこ》監督）の劇場公開時に、私が寄せたコメントです。

意識がいつまでもクリアなままでいるよりも、少しずつ、ぼんやりと記憶が薄れていった方が、余計なことを考えずに済む分、幸せなのかもしれないというのが、この映画を見た後の感想でした。

この歳になってくると、近年は映画のコメントに限らず、雑誌の取材やこうした書籍の執筆など「老い」について意見を求められることが増えてきました。

例えば、月に一度担当している毎日新聞の人生相談コラムでは、「祖母の明るさを取り戻すには」という相談を24歳の女性読者から受けたことがあります。その相談者の祖母は87歳のときに脳卒中で倒れ、いくつもの障害が残ってしまったそうです。「元司書で好奇心旺盛だったのに、今は本どころか友達からの手紙すらも読めない」

そんな言葉から、彼女の文章は始まります。

「言語障害もあるし足も不自由になって、やむを得ず入ってもらった老人ホームで毎日、つまらなそうに過ごしている。その姿を見るたび、無力感に襲われる。祖母がまた少しでも楽しく過ごせるようにするには、どうしたらいいでしょう」

それについて、私は自分の母について触れながらこう書きました。

「私の母は、とある病気で体調を崩したのをきっかけに記憶力も衰え、以前のような聡明さやバイタリティがなくなってしまいました。たまに会うと、はっきりと感じられる彼女の老化がなかなか受け入れられず、どうしたら元の母に戻ってくれるのか、あらゆる改善策を模索する日々を過ごしました。散々考え込んだり悩んだりした結果、私は自分の考え方が間違っていることに気がつきました。

老いとは決して元に戻るものではありません。私の母もあなたのお婆さまも、自然の摂理にまっとうに、生き物として正しく生きているだけなのです。

人間というのは、身近な人が自分の思い通りのままでいてくれないと、不快感や戸惑いを覚える生き物です。予定調和通りにならない展開を受け入れられないから、家族の老いと直面した時に感じるうろたえも、それが要因でしょう。

『あんなに元気だった人がどうしてこんなことに。あり得ない』などと私たちは嘆きますが、老衰とは人間を含めあらゆる生き物にとって至極当たり前の自然現象なのです。

だから、我々が家族の老いの変化に対する困惑をあらわにすればするほど、命の成りゆきを受け入れて過ごしている本人は、悲しくなってしまうでしょう。

お婆さまは、ただですら家族と離れたところで暮らすという辛さを背負っています。無気力さや元気のなさに対し「昔みたいに明るくして！」などと求めては絶対にいけません。元気になってほしいのなら、彼女が聡明だった頃と同じ敬意を持って、あなた自身がお婆さまの前で、明るく元気に振る舞うことが一番だと思います」

＊

かつての人間は、自分の「衰退」を頭できちんと理解し、備えることができていたはずですが、今は歳を取っても体の状態は若い頃と大きくは変わりません。先ほども述べましたが、歯がぼろぼろになっても今ではインプラントなんて処置をすればまったく問題ありませんし、がんというものですら、今は早期発見さえできれば治療で快癒するようにもなりました。

人間とは、他の動物と違って自分たちの努力次第でいくらでも長生きできるものだ、という考えが一般的に定着しています。肉体についてては確かに、食生活や運動など普段の心がけが健康の維持につながります。けれど、脳の衰えと思しき兆候が見えてくると、そこで初めて「老い」に直面したような気になってしまう。友人などが自分たちの親について「90代になってもまだ全然ボケてないし、はつらつとしていて、あの人は本当にすごいよ」なんていう話をし始めると、それがまた自分の身内の老い方に対する負い目を増長させてしまう。脳も衰えることがなく、いつまでも若いまま、ということが、人間における勝利のような風潮をまずなんとかせねばならないでしょう。

何度も繰り返しますが、昆虫ですら生まれた時から個体差があって、長生きするものと早死にするものなど、遺伝子などによって差異はいろいろです。犬でも猫でもそうです。寿命が長いもの、短いものの様々です。私たちはペットのそうした寿命の個体差は認めることができるのに、やれ自分たち人間となるとそうした寛容性を喪失してしまう。

死というものに対する臆する気持ちが、やはり老化を忌避させているのは確かです。そしてこの死という概念も、世界の地域によってはそこに浸透している宗教や信仰によって様々です。人が死ぬと輪廻転生するという教えを流布する仏教があるかと思えば、日本の土台となっている神道では死は穢《けが》れにほかなりません。要するに日本の土壌においての死は、他の地域と比べて負のファクター度が高いということになります。若さや長生きに対しての執着はどこの国の人も同じですが、昨今の日本は女性の若返りメンテナンスも含めてかなり強いように感じています。そこには、やはり私たちの潜在意識に根付く、死＝穢れ、という概念が影響しているのでしょう。

第二次世界大戦にせよ、現在のウクライナとロシアの戦争にせよ、戦乱と対峙して生きる人たちには、自分たちはいつ死んでもおかしくないという覚悟が身に付きます。戦中派の母の話など聞くと、家族は皆自分や家族が死んだらどうするべきか、その対処についてまるで事務仕事の相談のように当たり前に語り合っていたということでした。

戦争や内乱の絶え間なかった古代ローマ時代においても、人々は毅然と死を身近に感じながら生きていたことが、当時の文献などを読むと明らかですが、どうやら人間という生物は、生まれた時から死への危機感と背中合わせで過ごす動物たちと違って、知恵の力で安全や安寧、そして贅沢を知ってしまうせいで、悠長なご時世になればなるほどよりいっそう死を否定的なものとして捉えるようになるのかもしれません。そこに神道の死を穢れとする考えが伴えば、やはり老いへの不安や恐怖の増長を差し止めるのは難しそうです。

何はともあれ、死に向かうための予習がやはり現代の人間には不十分なのかもしれません。「100歳まで生き、死ぬ前日まで明快な頭でいてコロッと死にたい」という命の終わり方への理想を抱き、そのためにどうすればいいかを考え、努力を重ねようとする、それはそれでいいと思うのですけど、そうならなかった場合のことを憶測しつつ、私たちはもっと老いと死について自分たちの頭でしっかりと考えておくべきなのではないかと思います。

●生涯の友について考える

日本では「悪口を言わない人はいい人」とされますが、イタリアでは真逆で「人の悪口を言わない奴なんか、信用できない」「風通しよく、言いたいことを言い合えるのが真の友」とされている風潮があります。私など何か問題が勃発すると、わりと黙って自分なりの処置を考える方なんですが、そうすると必ず夫や姑に「何を考えてるのかはっきり言いなさい、黙ってるのは失礼だ」などと責め立てられます。

そんなことを改めて実感する出来事が2020年の最初のコロナ自粛期間中に起こりました。イタリアでコロナ感染者が急増し、世界的なニュースになっていた頃のことです。きっかけは、私宛に送られてきた一通のメールでした。

イタリアのパドヴァにある自宅の近くには、いわゆる〝近所の食堂〟と呼べる店があります。ある日、店主で料理人のフェルッチョから「コロナの影響で、経営が行き詰まっている。マリがイタリアに戻ってくる日まで持つかどうか」という弱気なメールが届きました。

70代半ばのフェルッチョはかつて、街の歌劇場の近くの老舗レストランで働いていたことがあり、1960年代に活躍した俳優や音楽家の仲間も多く、結婚を機に開店した現在の店にはリタイアした芸術家たちが集まっていました。

ですが数年前に娘夫婦に店を任せると客層も一新されました。それからもフェルッチョは毎日、厨房に立ち続けましたが、仲間たちは様々な理由から次第に足が遠退いていったそうです。

そんな中、一人だけ変わらず常連で居続けた60年来の友人がいました。元舞台脚本家の男性で、妻には先立たれ息子はドイツで暮らしていて滅多に姿を見せない。さらに大病をした後、足が弱り杖なくては暮らしていけない生活を送っていました。そんな一人暮らしの不自由な老後の唯一の心のよりどころが、フェルッチョの店でした。

*

食堂に来る時は通りすがりの人々に声をかけ、彼らの優しい対応をいいことに自分の体を支えて貰い、ヨロヨロと歩きながら店を訪れます。若い人から中年のおばさんまで皆彼を連れてくる人は様々ですが、皆彼をテーブルに座らせると快い空気を残してその場を立ち去ります。

比率的若い女性が彼を連れてくることが多いのですが、それに気がついたフェルッチョが「貴様、歩けないなんて言っているけれど、嘘だろう」と突っ込み、そこから口喧嘩に発展した現場に居合わせたことがありました。「お前だって女たらしのくせに人ごとみたいな口聞きやがって」「俺はお前ほどじゃない」というやりとりに、私は込み上げてくる笑いを抑えきれませんでした。

それだけではありません。時にはフェルッチョの料理の味付けを巡り「今日のパスタは随分不味いな」と客のいる前で大声を出す老人に「おかしいのはおまえの味覚の方だ、歳取って味覚がおかしくなってんだ」「そういうあんたも俺とたいして変わらない歳じゃないか」などと舌戦を繰り広げることもありました。そのやりとりを見て、フェルッチョの娘は「あの調子でもう50年。お互い腹の底まで丸見えの二人なのよ」と笑って気にも留めない様子でした。

フェルッチョの友人が決まって注文するのは、イタリアのおふくろの味の定番、トマトソースのパスタ。グラス1杯の赤ワインとパスタでお腹が満足すると、フェルッチョと再び口の悪いやりとりを交わし、そのうち大声で笑い出す。

今の時間を謳歌する天真爛漫な笑顔には圧倒的なパワーがあり、不平不満をぶちまけていたかと思うといつの間にか楽しそうに笑っている彼らの姿を見ていると、釣られてこちらまで嬉しくなってきます。こうしたやりとりを思い出したのか、コロナ禍で店を閉めようとしていたフェルッチョも考えを改めたようでした。

後日届いたフェルッチョからのメールには「あいつは入院したけれど、今も週に一度はトマトのパスタを作って、病院に届けているよ。戻ってきた時に店がないとがっかりされたら、こちらも落ち込んじまうからね」とありました。気兼ねなく思ったことを言葉に変えてやりとりのできるあの老人は、フェルッチョにとっても人生を豊かにする、かけがえのない存在なのでしょう。ああいう付き合い方を長年続けていれば「まさかお前がそんな奴だとは思わなかった」なんていうやりとりは無さそうです。

夫の両親にしても、親族の老人たちにしても、とにかく嫌な気持ちを溜め込もうとしない、あの自分という人となりが筒抜けな姿勢は、見ている方もすがすがしい気分になります。

●アッチャロリ村の秘密

ナポリからおよそ120キロ南の海岸に、100歳を超える住民の数がひときわ多い村があり、近年、研究者らに長寿村として注目されています。前述した、険しい道を上った先にあるアッチャロリ村です。

およそ700人の村民のうち81人、つまり10人に一人以上が100歳超えという驚異的な数字を受け、イタリアとアメリカの合同チームが長期間に渡る研究を行ったところ、村の老人たちは他の地域で暮らすお年寄りたちに比べ毛細血管年齢が若く、認知症や心臓病、肥満が圧倒的に少ないという結果が出たそうです。

そもそも村自体が、人里離れた崖っ淵にあり、細い坂道だらけのため、移動は足だけが頼り。結果的にお年寄りも必要に迫られ、段差を上り下りしながらよく歩くことになります。

食事は、昔からオリーブオイルと新鮮な野菜や果物、そしてカタクチイワシのような青魚をたっぷり食べ、一日一杯の赤ワイン、というのがこの村のスタイルだそうです。このような食生活に健康長寿の秘密があるのは間違いなさそうですが、アッチャロリ村にはもう一つ秘密があります。

＊

アッチャロリ村の村長は、以前こんなコメントを出していました。

「この村では、ご老人の心の溜まり場とも言えるバールが重要な役割を果たしている。とても狭い地域であるため、皆昔から顔見知り。定年退職してからも仕事以外の地元の友達がたくさんいるため、孤独や孤立とは無縁でいられます。この村の老人たちは、足が悪く杖をついている人も、毎日バールに通う。バールに行き、古くからの友人と話したり、カードゲームをしたり、思い出話に花を咲かせることが、頭の体操にもなっているようです」

先のフェルッチョとその友人にも言えることですが、心許せる他者と言葉を交わし、脳を動かし続けることによる、生命力の維持効果は絶大なのです。

私自身、最初のコロナ自粛期間中は、イタリアに戻ることもできないうえ、それまでは習慣化していた旅も控えねばならず、精神的にかなり参ってしまっていました。家に引き籠ると、どうでもいいような考えや代謝の悪い思惑が溢れ出し、それらを溜め込むと負のエネルギーが歪んだ形で出てくるのを感じました。幸いイタリアの家族や、親しい友人たちと時々電話で話したり、仕事とはいえ時事問題についてネットで対談をすることで徐々にそうしたやり場を失った思いは排出されていくようになりました。「ヤマザキさん、また横溢《おういつ》してるね！」などと引かれることもしょっちゅうでしたが、仕方がありません。多少迷惑がられても、誰かと話をすること、それ以前にそんな私と話をしてくれる友人がいるということは、どんな人間にとってもかけがえのないことだと思います。

歳を取ったら養蜂を始めたい

ヤマザキさんは老後に何をしているでしょうか。何をなさっていたいですか。時々こんな質問を受ける時があります。そんなことは私にも分かりません。今までの人生がそうだったように、これからの人生も自分で矛先を決められるようなものではないでしょう。これから先のことなど、なるようにしかなりません。

早いうちにイタリアへ留学に出たのも、シングルマザーになったのも、漫画家になったのも、何一つとして自分が計画していたことではありませんから、この先もきっと思いもかけない顚末が自分を待ち受けているのかもしれません。あれこれ妄想を抱かなくても、きっと一筋縄ではない老後となることはもう分かっています。

ただ一つ希望を言わせてもらうなら、漫画の締め切りに追われたまま死ぬのだけは避けたいですね。漫画家は体力も精神力もそこそこタフでなければ務まりません。私も漫画という生業を25年以上も続けてくることができたのは、場合によっては10時間も15時間も椅子に座りっぱなしで作業をすることに耐えられるくらいタフな体力を備えていたからでしょう。しかし、漫画は過酷な仕事です。早死にをする人も少なくありません。命を削ってまで漫画を描き続けたいかというと、それは勘弁願いたいので、できれば65歳くらいになったら（それ以前でもいいのですけど）引退しようかなとぼんやり考えています。

今でも実際、漫画の作業に没頭し続けていると肩も腰も足のむくみも限界を超えてきます。そんな時、私の場合はお風呂でリセットを図ります。湯船に頭まで全部浸ってしばらくじっとしていると、体から老廃物が抜けていくような気持ちになってきます。エネルギッシュなヤマザキさんの健康の秘訣は？　と問われたら私の答えられるのはただ一言。風呂。それだけです。一日に何度でも風呂に浸かる。全ての人に効果があるのかどうかは分かりませんが、少なくとも古代ローマ人たちには私の言い分も理解してもらえるでしょう。

ということは、漫画を止めるタイミングでどこか古い温泉宿でも買い取って、そこを経営してみるのもいいかもしれない、なんていう発想が湧いたこともありますが、毎日温泉に浸かりたいから温泉宿を経営するというのは無謀すぎると周りに呆れられたので、過去を踏まえて商売は性に合っていないこともわかっているので、おそらくそれはないでしょう。

昔なら、親しい友人が暮らすブラジルのリオデジャネイロにでも引っ越して、私の好きな熱帯植物が元気よく生えている庭にハンモックでもぶら下げて、時々油絵を描いたりしながら過ごせばいいかな、などと妄想をしていましたが、私のことですから、おそらくそんな生活も最初は楽しくてもそのうち飽きてしまうに違いありません。リオの友人からも、あんたの夢は分かったが、ここの治安の悪さもしっかり考慮した方がいいと注意を受けたので、まあ、それもきっとないでしょう。

イタリアの実家の両親が老齢になれば、私もおそらくそう遠くない将来、彼らの介護を頼まれる日がくるはずです。そうすると、今のように日本に帰ってくる機会も減ることになるでしょう。イタリアに戻って晩年まで暮らす、という想定が一番現実味が高いように思いますが、そうなると、現在義父母が暮らしているあの農家を改造した巨大な家と敷地の管理をしていくことになるわけです。

絵を描いて過ごすにはもってこいの環境ですし、広大な農地もついていますからあそこで何かを栽培するのもいいかもしれません。畑仕事はいい運動になるはずです。畑仕事もいいのですが、私が予《かね》てから考えているのは、養蜂です。

もともと昆虫好きですし、とくにミツバチに対しては強いシンパシーがあり、世界のどこへ行っても必ず調達するものが現地のミツバチです。その土地に生える様々な花から採取されるハチミツは、古代から人間を魅了してきた食材です。中国の天山山脈に生える漢方の要素の強い花々から採取されるハチミツは高値で取引されていますが、私もイタリアのあの土地に漢方系のハーブを植え、そのうち絶滅すると言われているハチたちを守りながら美味しく栄養価の高いハチミツを採取しながら過ごすのも、なかなか良い感じです。

そしてできれば、予々飼《かねがね》いたいと思っているロバを敷地に放牧し、可愛がりながら過ごしたい。ロバは世界の至るところで酷使されている姿を見てきているので、謝罪とねぎらいの気持ちを込めて、人のために働かなくていいロバと過ごしたいという願望があるのです。この話をすると夫と息子を含むたいていの人は「養蜂にロバ？　なにそれ」と乾いた反応を示しますが、まあ あくまで願望なのでどうなるかは分かりません。ただ、お婆さんになったら人間以外の生物とよりいっそう懇意に生きていきたい、という思いがあるのは本当です。

ちなみにクレオパトラはロバの乳の風呂に浸かって美肌を保っていたとされてい

ますが、実際ロバのお乳からは良質の石鹸を作ることができます。今でもギリシャなどへいくとロバの石鹸は珍重されています。とすると、絵を描きながら、養蜂とロバ石鹸ビジネスを展開していく、というのもなかなかやりがいがあるかもしれません。

何はともあれ、とにかく地球という惑星に生まれてきたことを、そして地球という惑星で精一杯生きてきたことに満足しつつ過ごすことができるのであれば、晩年は何をしていようとかまいません。ただ、その日がくるまで、私にはまだまだやるべきことがありそうです。まだまだ人生の試練は終わらないかもしれません。でもその分だけ、最後の最後に感じられるであろう「人間としての機能は満遍なく使い切りました」という達成感は、さぞかし爽快なものだろうと思うのです。

第5章

母を見送って

●母リョウコの逝去

北海道で暮らす妹から「母がコロナに罹患した」という電話を貰ったのは、去年の暮れのことでした。

年末年始は妹も東京に来て一緒に過ごすことになっていたため「こちらに来るのはやめておく?」と聞いたところ、「前日に病室に会いに行ったときは声を掛けると反応があったから、大丈夫だと思う」とのことで、妹は予定通り東京行きの飛行機に乗り込みました。その後、羽田空港に到着し、スマホの電源を入れるや否や病院から大量の着信履歴が残っており、母が急逝したことを知らされたそうです。私が妹からの電話を受けたのは、クリスマス休暇を家族で過ごそうと数日前に日本にやってきていたベッピーノが、門松を飾ってみたいなどというので、それを含めたお正月の買い出しをしている最中でした。

携帯を耳に当てたまま立ち止まり、あまり言葉を返さずにただ黙っている私の様子に異変を察したのか、ベッピーノが立ち止まって私の顔を覗き込みました。そして、ゆっくり目を合わせた瞬間ベッピーノが発したのは「リョウコ?」という一言でした。彼もおそらく、リョウコに対してはずっと心の準備のようなものをしていたのでしょう。

電話を切った後もまったく取り乱すこともなく、羽田に着いてしまった妹にはとりあえずうちに来てもらい、明日は皆で北海道へ行こうという段取りをその場で決めて伝えました。まるで事務的な連絡が来たような感じで「こんなにも動揺しないものなのか」と不思議な気持ちでした。それはベッピーノも同じで、「こんなこと言っちゃなんだけど、僕が日本にいる時期でよかった。年末で周りは忙しないけど、こっちは慌てずに行動しよう」とえらく落ち着いていました。妹もいつもとまったく変わらない様子で「この1年間、いつ何が起こってもおかしくなかったから」という感じでしたし、息子のデルスも「まじで!」と驚いてはいましたが、冷静でした。長期の病気療養と老化で迎える死にはアグレッシヴさはありません。緩やかで優しいソフトランディングです。突然の訃報と向き合わされる場合とでは歴然とした差があることを痛感させられました。

＊

母が亡くなった場合の対処については何も具体的に考えたことはありませんし、なにせ身内の死は初めてですから、妹と二人でまずどこへ連絡をするべきか、コロナという特殊な事情を踏まえ、落ち着いて判断する必要性がありました。

通常であれば、親族であってもコロナで亡くなった人とは面会はできない、という行政の方針があることは知っていました。しかし、2022年の暮れになると、そうした縛りも緩くなっていたのか、または曖昧になっていたのか分かりませんが、東京から駆けつけた私たちは最初は面会は厳しいと言われた、母の亡骸と霊安室で対面することができました。

母はカトリックの信者でしたから、地元の教会の司祭に駆けつけてもらい、入棺前に短く祈りを捧げて頂きました。母の棺はそのまま葬儀業者の方に引き取られ、コロナに罹患した死者のための火葬の日とされている二日後まで安置されることになりました。

葬儀はカトリック教会で、身内のみの参加で簡単なかたちで済ませることになり、私たち親族、母の懇意にしていた友人1名、そして東京から私の所属する事務所の代表の方が2名、そして司祭とお手伝いの方という必要最低人数が参加。コロナの縛りで母の火葬には立ち会えないということで、遠くから防御服を着た人たちに運ばれていく棺を遠くから見送った後、その数時間後に遺骨を受け取り、教会へ戻りました。

素っ気ないといえばそれまでですが、母は生前、自分が死んだら、極力シンプルに対処してほしい、大仰な葬式は勘弁被りたいということを常々言っていたので、彼女の思い通りの段取りにはなったと思います。

カトリック教会の司祭は私も初めてお会いしたのですが、年齢も私や妹に近く、いろいろ思うところあって30代になって神父の道を目指されたとのこと。簡易葬儀とはいえ、追悼的ムードを出すためにテレマンのヴィオラ協奏曲の録音ファイルを流してほしいと頼むと、速攻でご自身のラップトップから礼拝堂のスピーカーで音源を出力してくださいました。久しぶりに訪れた教会でしたが、自分がそこで毎日曜日、礼拝の際に讃美歌のオルガンの伴奏をしていた時代との隔たりを感じさせられました。

葬儀の後は皆で地元の居酒屋で母の思い出話で散々わいわいやって解散。司祭は「明日ミサがあるもんですから」とお酒で真っ赤に顔を染めたまま、冷下15度の中を颯爽と教会に戻っていきました。

生きていた時にあれこれやらかした人というのは、思い出話をしていてもそれがつい笑い話になってしまうものです。居酒屋でのひとときは、母の死の知らせを聞いてから様々な処理に奔走され、やっと気持ちが安らいだ瞬間だったこともあり、自然と穏やかで楽しいものとなりました。私はその間も「きっと解散した後で悲しくなるんだろうな」と覚悟をしていましたが、その気配は部屋に戻ってからも、一向にありませんでした。

周囲からは「悲しみは後からやってくる」と散々言われ、「それはいったいいつだろう?」とその時もその後もずっと気構えていたのですが、母の死から4ヶ月後に母の大規模な追悼コンサートを終えて、彼女の死が公に認知された今でもまだその感覚には至っていません。

友人曰く「それはあなたがリョウコさんと付かず離れずの距離で付き合ってきたからだよ」とのこと。自分が元気に生きていくうえで絶対に必要だった猫が亡くなった時の絶望的悲しみを思い出すと、確かにそれは言い当てているかもしれません。猫も私を頼っていたのを感じていましたし、私も猫の存在が自分の心の安寧にとって必要でした。にも関わらず旅行ということで友人の家に預けている時の事故死だったというのも、猫を預けてしまった自らの責任を含め、辛さを増長させたのかもしれません。

しかし母の場合は、本当に時々電話で話す程度か、お互い面白い本を読んだら交換し合う、という程度の付き合いでしたし、母は母でとにかく毎日音楽のことで忙しい人でしたから、私も彼女の生き方には干渉しませんでしたし、母も同じでした。妹と二人きりで夜遅くまで留守番をしていたあの頃から、私の中で「母を頼り切ってはいけない」という自立心が芽生えていたのは確かです。

そして、やはり母の病気というファクターは大きな悲しみを回避できた大きな要因です。今から数年前、パーキンソンを患い、認知症的な症状が現れ始めた時、今までのような会話を交わすことがもうできなくなってしまったと、ちょっとした喪失感を覚えました。おそらく、あの時に私は、母とのそれまでの精神面における付き合いに終止符を打ったのだと思います。あの頃は確かに、時々私の愚痴に対して「くだらない、時間の無駄」だの「そんなのたいしたことじゃないわよ」と笑いながら答えてくれる、良き話し相手としての母の大きな喪失感と向き合いました。

母は、徐々に物忘れが激しくなっていく自分に大きな恐怖心を抱いていました。自分の意思ではどうにもならない体の変化に戸惑い、おそらく私の知らないところで落ち込んでいたのではないかとも思います。母の変化に狼狽えた私も、最初の頃は母の不安に加担してしまいました。

「どうしたの、しっかりしてよ、母らしくない」

「頑張って記憶力を衰えさせないトレーニングした方がいいよ」

「手紙や日記をたくさん書くことが物忘れの対処になるらしいよ」

などと今思えば自分勝手な提案をいくつもしてしまいました。母が入院した後、母の書類が集められた場所から書き損じの絵葉書や手紙がいくつか出てきたことがありました。パーキンソンになってしまった母の手はもう思い通りにペンを握ることができなかったのか、文字は震え、全て途中で文章が途切れてしまっていました。正直、あの手紙を見つけた時は胸を貫くような悲しみと母への申し訳なさでいっぱいになりました。どうして病気や老いに伴う母の変化を素直に受け入れてあげなかったのだろう、と自分を随分責めました。

その後、入院先の病院でそうした自らの変化に対する苦悩から解放され、穏やかな様子の母を見た時の安堵は今も忘れられません。

あんなに入院や施設に入ることを嫌がっていたはずの母が、周りの人たちと溶け込んでにこやかにやりとりをしているのを見て、都合のいい話ですが、心底から安堵しました。生きているからにはとにかく力の限りやるべきことをやらなければならない！　という、強い義務感から解放されたような母の表情が救いになりました。

そんな彼女を見ながら、はからずも、自分もいずれはこうして様々な記憶から解放され、存在理由みたいなものに駆られることもなく、穏やかな死へ向かっていけたらいいな、などと思ってしまったほどでした。

＊

私はなかなか泣けない性格ですが、母がまたそういう人でした。「北海道の空を見ると泣けてきちゃうじゃない」「白鳥の姿を見ると泣けてくるわね」などと、感情が溢れかえる口調で言っていたわりには、顔を見ても満面の笑みでこそあれ、泣いているような気配はありません。泣ける、というのはつまり、それほど大きな感動、という母なりの形容で、テレビで動物番組を見ていても、子供の世話を必死でしている動物を見ながらよく「泣けてきちゃうわねえ」と口にしているような塩梅です。

母の祖父母が亡くなった時も、母がまったくいつも通りだったのを覚えています。私が小学生だった頃、祖母ががんで亡くなった時はむしろ私の方が動揺し、表情一つ変えない母に「お母さん、お婆ちゃんが亡くなって悲しくないの？」と問いかけていました。すると「だってしょうがないじゃない。亡くなった人だってこっちが頑張って楽しく生きていけば嬉しいんだからそれでいいのよ」という力強い答えが戻ってきました。

今思えば、母は自分が弱くなる瞬間を察知すると、揺すぶられる感情を何か厚いもので被せるテクニックを持った人だったのでしょう。悲しみの感情が芽生える気配がすると、すぐさま何某かの甲冑を着てしまう。私も妹も母のそんな姿を見て育ったため、どこか同じ様な性格になってしまったのかもしれません。旧知の仲であった方が亡くなった時も、周囲からは「マリさん、しっかりね」と声を掛けられ、まるで泣くことを強制されているような気持ちになってしまい「ここら辺で泣いておいた方がいい？」となってしまう。人それぞれ喜びも悲しみも、横溢の沸点は違うのですが、どうもそれが許されない時もある。人の死に関する悲しみの共有は、特にそうした何気ない圧力の兆候が強いようにも思えます。

でも、人間というのは意外と「死」に対してしっかりと向き合えるもので、いざとなると大仰に事態を装飾したり盛りつけたりはしないものです。とにかく私は子供の頃から昆虫をはじめとする小動物を含め、あらゆる生き物と暮らしてきたこともあり、生き物の死というものを常に冷静に見続けてきました。大事にしていた猫や犬が死んでしまうと遮る間も無く湧き出てくる悲しみは、実は私の自分勝手な感情に過ぎないのではないだろうか、当事者たちにとっては命の当たり前の現象として受け止めているだけなんじゃないか、ということを子供の頃から感じていたところがあります。

今回の母の死と向き合った自分の感情が、果たしてそうした自分の過去と関わりがあるものなのかどうかは分かりませんが、とにかく何においても情動任せに泣いたり悲しんだりするのは苦手であり、なにか大きな戸惑いを覚えた時はすぐに理論的分析をしてしまう、それをもし甲冑的な行為と呼ぶならば、私も母と同じく常に甲冑を手放せない性格だということなのかもしれません。

大事な人が亡くなったら、素直に悲しめばいいじゃない、という人もいるでしょう。自分が亡くなった時には、やはり皆から涙で惜しまれたい、と思う人もいるでしょう。ただ甲冑が必要だということは、生身で受けるダメージが大きいからに過ぎません。母は若い頃からあらゆる感情の波に呑まれつつも、いつの状況も毅然と乗り越えてきた人です。母自身、自分の死に対して周りからメソメソ悲しまれることを望まなかったのは間違いありません。

母が亡くなったのは、水星から海王星まで全ての惑星が空に現れるという天体パレードと呼ばれていた日でした。その前後でパンクのファッションの礎であるイギリス人のデザイナー、ヴィヴィアン・ウエストウッドと元ローマ法王であるベネディクト16世も亡くなりました。特に意味はありませんが、それらの訃報を聞いて、なんとなく母らしいタイミングだったな、と感じずにはいられませんでした。

●魂と肉体

9歳の時、妹の父親の母であるハルさんが亡くなったのが、私の人生における初めての、身近な人の死でした。母はもうすでに妹の父親とは遠距離離婚（彼は当時サウジアラビアに勤務）を継続できず離婚をしていましたが、母はその後も身寄りのないハルさんを一人暮らしさせることを拒み、一緒に狭い団地で暮らしていました。ハルさんはちょうどその頃から体調が芳しくなくなり、近所の病院に入院していましたが、それから半年ほど経って亡くなったと記憶しています。

ハルさんの亡骸を見て、魂が抜けてしまった肉体というものを目の当たりにしたわけですが、母はいつもと同じ様子で飄々としていましたし、私も妹も人はこうしてやがてこの世を去っていくのか、と冷静にハルさんの死と向き合っていました。やはりあの時も、病気というプロセスが、残される側の心の準備の余地を与えてくれていたからでしょう。

イタリアで留学をしていた二十歳の頃、世話になっていた楽器作りの日本人の職人さんががんを患って自宅療養をしていた時、奥様の看病のお手伝いとして、私も数日間そこに寝泊まりをしていました。しかし、ある日病状が一気に悪化してしまい、彼は息を引き取りました。さっきまで話をしていたはずなのに、突然亡くなってしまったその姿を見た時も、体だけ置いてその場からいなくなってしまった、という感覚はあっても涙が出てくるような悲しみは湧いてきませんでした。それは奥様も同じでした。がんだということが分かってからも、入院を拒み、自宅での療養を選んだ彼は、最後は苦しみと向き合う日々を過ごしていたので、むしろそんな過酷な状態から解放されたのだという安堵があったのだと思います。彼の最後の作品であったヴィオラはその後母が引き取りましたが、「奏でると、ここにまだあの方が生きている感じがするわね」と言っていたのを覚えています。

イタリア時代にはやはり何人か親しくしていた人たちとの別れがありましたが、そのほとんどが表現者だったこともあり、彼らが残した作品を見たり読んだりしていれば、大きな喪失感を感じることもありませんでした。

やはり友人だった歌舞伎俳優の中村勘三郎《なかむらかんざぶろう》さんが亡くなられた時も、ご自宅でご遺体にお会いしましたが、ああ、ここにはもう勘三郎さんはいない、これは勘三郎さんの入れ物であって中身はもういない、という確信めいたものしか感じられませんでした。私のそばにいた人は涙ぐんでいたので、もらい泣きをしそうになるのですが、でも、勘三郎さんは自分の記憶の中で生き生きとまだ存在していましたし、彼の舞台での姿は一生忘れることはないと思うと、やはり泣けませんでした。

ふと勘三郎さんを思い出す時に「もう一緒にご飯を食べたり、エネルギーを放出しまくりながらお喋りをしたりすることはできないのか」と少し寂しくもなりますが、考えてみたら自分が敬愛している作家や画家など表現者たちのほとんどがもう今はこの世にいない人たちです。私はそうした表現者たちの作品に触発されたり影響されたりしながら自分の精神面を育んできましたが、古代ローマ時代やルネサンス時代、昭和の初期に活躍されていた彼らとは、物理的接触などそもそもかなうわけがありません。それもまた、動かなくなってしまった肉体に対する未練や執着というものを強く持たない理由になっているのでしょう。表現者の人たちの死には、一律「ご苦労様でした、色々残して下さってありがとうございました」という思いが何より先行してしまうようです。

＊

母の家族葬が執り行われた後、母を2歳の時から知っている夫に、リョウコが居なくなってしまってどんな気持ちかと問いかけてみました。すると「もうあの元気な姿を見れないのは寂しいけれど、それよりも『お疲れ様』という気持ちの方が強い。生きている間、あれもこれもやらなきゃ！　という命のエゴイズムから解放されて良かったね、という労いのほうが強い」という答えが戻ってきました。

私の息子も同じことを考えていたようですが、生前の母を知る人なら皆同じ様な思いを抱いたはずです。自らの人生を全身全霊で力いっぱい生きている人が亡くなると、周囲は悲しみよりも労いという気持ちを強く抱くものなのかもしれません。

苦労がてんこ盛りだった若い頃、私は毎日、生きるのはどうしてこんなにしんどいのだろう、どうして母はこんな苦しい世界に私を産んだのだろう、と救われない思いに押しつぶされそうになりながら過ごしていました。その頃は描く絵も暗く、手に取る本もカフカや安部公房《あべこうぼう》など生きることへの不条理をテーマにしたようなものばかりでした。私に死に対する強い拒絶感がないのは、おそらくこの若い頃に体験した絶望感や苦労も大きく影響しているのでしょう。

経済的生産性と結びつかない絵をやり続けることに、心底から自分はいったいどうしたいのか、なぜこんなことをしているのかという問いかけを絶えず続けてきましたが、死んでしまえばこうした思惑に苛まれることもないのだから、随分楽になるはずだ、いっそ病気にでもならないだろうか、事故にでも遭わないだろうか、ということもあの頃は何度となく考えました。

しかし、時の流れのなかで、身近な友人たちの死を目の当たりにしていくうちに、私は生きることに大仰な意味を盛り込むのをやめることにしました。妊娠も私の生き方の姿勢を大きく変えるきっかけとなりましたが、自分の存在意義だとか、目標だとか、そんなこだわりは払拭し、寿命の限り淡々と、できることをしながら生きよう、という意識だけ抱くようになりました。

子供を産むと、とりあえずこの子が大人になるまでは死なないように頑張ろうと気負っていましたが、今はもう息子も一人で生きていけるようになりました。もし明日、我が身に何かあったとしても、まったく後悔はありません。死が条件であっても、この惑星に生まれ、面白い人生を築けてきたことにはすでに大満足している、ということなのでしょう。こんな気持ちになれるのも、若い時に大きな絶望や苦悩と挫折を受け止めてきたからなんだろうと思います。潔く人生を締め括るには、やはりこうした感情の経験は必須なのではないかと思います。

自分の死に際について考えることもたびたびあります。デルスには冗談で「死にそうになったら私の大好物の食べ物を口に突っ込んでくれ」などと言っていますが、実際病気を患って苦しい場合はそれどころではないかもしれません。息子からも「そんな都合よくいくかね」と笑われています。ただ、理想があるとすれば、リョウコがそうだったように、残された人がパワーとエネルギーを受理できるようにこの世を去りたい。そのために重要なのは死に際ではなく、やはり生きている今を謳歌することなのです。

私の知人のお母様は、ご病気になってから死期を悟り、自分の娘と息子に「私はもうぼちぼち逝きます。でも頼むから私の亡骸にメソメソするのだけはやめてちょうだい。楽しかったんだからもういいの。もう大丈夫でしょ?」と告げて亡くなったそうです。60代初頭という年齢で訪れた死だったそうですが、娘も息子もお母様のその残した言葉に「すごい……」と圧倒されて彼女を看取ったそうです。そんな言葉を残せるのはお母様が充実した人生を送ってきたからであり、当事者にとっても残された人にとっても良い死を迎える時に重要なのは、やはりそれまでを「どうやって生きたのか」ということなのだと思うのです。肉体は動かなくなっても、命を謳歌した魂は私たちの中でエネルギーを出力し続けていくのです。

●火葬という扱いに驚いたベッピーノ

母の家族葬の準備を教会の司祭や私の事務所の人たちと進めながら、その段取りをベッピーノに説明していると、いきなり「待って待って、リョウコはカトリックなんだから、土葬でしょ⁉　火葬しちゃだめだよ！」と慌て出しました。その時私はベッピーノが20年以上も日本人の妻を持ちながら、実は妻の国である日本の様々な事情をまだ把握できていないということに気付いたのです。

ベッピーノには日本では基本的に火葬が義務付けられているのだということを説明しましたが、土葬が許されていないことに納得のいかない表情をしていました。カトリックの国に生まれ育った彼にとっては、たとえ信心深くはなくても、やはりカトリックの教理に背いて肉体を焼くということ、そして形がなくなるということがショックだったのでしょう。世界におけるグローバル化が発展し続けてはいても、やはりまだまだ隔たりは大きいということです。むしろ、こうしたそれぞれの土地の倫理が染み込んだメンタリティは、どんなに地域性の差異に対して寛容になれても、完全に払拭されることはなく、いつまでも強固に残っていくものなのではないかという気もしています。

*

ちなみにイタリアという土地がまだ古代ローマ時代だった頃、人が死ねば火葬はスタンダードでした。カトリックが国教となってからは、キリストの復活に紐付けて肉体を残すという考え方が生まれましたが、それ以前のローマ人にとっては死や肉体の腐敗は当然のものであり、したがって人間にとって重要なのは生きている短い時間ではなく、死んでから後世の人にどれだけ崇められるか、どれだけ尊敬されるか、という考えが通常でした。

それをベッピーノに伝えると「それはそうなんだけど……」と戸惑い気味の表情を見せました。やはり習慣化してしまった考えというのは、すぐに新しい方向には転換しづらいものなのです。

母の葬儀でもう一つ日本独特のカトリックの風習だと気がついたことに、お焼香がありました。私も実は日本式の葬儀に慣れていないので、このお焼香というもののやり方がいまひとつ分かっていませんでした。一番手前に座っていたデルスは司祭に促されるまま立ち上がったはいいものの、十字架が記された漆の香炉の前でしばし立ち尽くしていました。仕方がないので私が出て行って、多分こうだと思うよとやり方を教えたところ、横に座っていた司祭から「真似でいい真似で」と言われ、デルスは見様見真似で灰を手に取って、その後はリョウコのお骨の前で手を合わせました。それを見ていたベッピーノが「あれはどういうことなの?」と狐につままれたような顔をしていました。

「よく分からないのだけど、日本ではカトリックの葬儀にも仏教の儀式が混ざってるみたい」と伝えると、「そうか、これはきっと戦国時代にイエズス会が日本にやって来た時に、もともと日本の人たちが信じていた宗教と重ねるように儀式をアレンジし、それがいまだに続いているんだね。つまり、信長の時代から続いてるのかもしれないんだね」と一人で興奮していました。「どのようにして日本にキリスト教が広まっていったか」というものの生々しさを感じた出来事だったようです。この話を日本の友人たちにすると「キリスト教の葬儀でお焼香⁉」と驚かれますが、この件については比較文化のエキスパートであるベッピーノがそのうちしっかり調べてくることでしょう。

*

一連の儀式が終わった後、ベッピーノは「すごくいいお葬式だった」と感心したように呟いていました。コロナ禍が勃発した当初、イタリアは世界のどこよりも感染者の死亡率の高い国となりました。ベッピーノの家でも親族筋が何人も亡くなり、その度にお葬式に参列してきましたが、今回のリョウコのお葬式のようにシンプルなものは一つもなかったそうです。何もかもが大仰で、集まってきた人が声をあげて泣いたり、抱き合って慰め合ったり（これがまた感染拡大の要因となる）、大事な人がコロナの犠牲者となってしまって悲しいのは分かるけど、毎度そんな感じなのでうんざりしてしまったのだそうです。

千歳のカトリック教会で執り行われた簡単なリョウコの葬儀は、参列者もごく僅か、司祭の言葉も「死」をきっかけとしたコミュニケーションの大切さや、一人の人についてあらためてじっくりと考えることの大切さなどについてを簡潔に語って終わりました。長ったらしい説教が好きなイタリア人の神父を思い出してしまったのか、それもベッピーノに日本のカトリック式葬儀の好印象を与えた理由となったようです。葬儀の後、司祭を含め皆で居酒屋に食事に行った話は先述しましたが、その場では誰一人としてしんみりすることなく、出された料理がいかに美味しいか、というような他愛もない話で始終盛り上がり、ベッピーノにとってはそれもまた印象的だったようでした。

私の知らない母の素顔

家族葬を終えた後、札幌交響楽団時代のＯＢや母の数知れぬお弟子さんたち、それから音楽家の友人の方々に集まっていただき、リョウコの追悼コンサートを開こうという企画を事務所の方たちや千歳の音楽関係者と一緒に進めていくことになりました。

母は「私が死んでも葬儀なんかしなくていい」と常々言ってはいましたが、皆で母を思い出しながら、母にゆかりのある楽曲を奏でるようなコンサートであれば頑固な彼女も受け入れてくれるだろうと思ったからです。この意見には地元の音楽関係者たちも皆さん賛同してくださいました。私が現在、山下達郎さんや竹内まりやさんの音楽事務所に所属しているということもあって、今回のコンサートの企画についての段取りも実にスムーズに進めることができました。

出演者は全部で90名、しかもプロの方も何人もゲストとしてお越しいただけることなったので、寄付的要素の入場料はいただいた方がいいだろう、ということになりました。ただ、その場合は来場者の方になにかコンサートの思い出となるようなものを手渡すべきかもしれない、という流れから、母の若い頃やオーケストラ在籍時代、それから晩年近くなってからの写真を集めてフォトブックを作ることになりました。早速母が箪笥の奥にしまっていた彼女のアルバムから、様々な過去の写真の収集に取り掛かりました。その際に、母の育児日記や手書きのノートが一緒に出てきました。

東京都新宿区の聖母病院の刻印が入った育児日記には私が生まれてからの栄養摂取状況がびっしりと細かい文字で綴られ、その合間合間のスペースには、生まれての子供への溢れる愛が率直な文章で書き込まれていました。母は絵が不得意でしたが、日記の脇に私を描こうとしたのでしょう、ほっぺたの丸い女の子のイラストが描かれていたりもしました（P199左上の写真）。

職業婦人が珍しかったうえ、更にシングルマザーという特殊な立場に置かれていた母ですが、幼い私を預かってくれる保育園の先生とは毎日交換日記をやりとりしており、それが数冊残っています。そこには厳しい状況下におかれながらも必死で子育てをする母を、本人も必死でありながら励ましつつ、音楽で生きる母を支える保育士の言葉が綴られていて、二人のやりとりを読んでいるとかなり胸が熱くなりました。

自分は今、音楽というまったくお金にならないものに人生を捧げているが、生きていくためにはどうしても仕事の量を増やすしかなく、そうなると子供を長い時間預かって貰うしかないという事情をご理解いただきたい。それに対して保育士さんも頑張ってください、できるだけこちらも尽力します、いずれコンサートにも伺います、という受け答え。女性が自立することが簡単ではなかった時代に、楽器という〝芸能〟を生業とし子供を抱え生きる母は、同じシングルマザーの経験はあっても、やはり私よりもよほど逞しかったのだなということが痛感されてきます。

札幌交響楽団の毎月の定期演奏会のプログラムに寄せた文章からも、普段は知ることのない母の素顔を垣間見ることができました。自分はヴィオラという、オーケストラでは主旋律をなかなか奏でられない一見地味な楽器を選んだけれど、ヴィオラがなければ様々な楽曲は成立しないということ、ヴィオラという美しい低音を奏でる楽器の重要性について熱く綴っていました。確かに、家で母がヴィオラの練習をしていると、ものすごく抽象的な音や音階ばかりで気が滅入ってくることもありました。そして、なぜ母はヴァイオリンやチェロではなくこの楽器を選んだのだろうと不思議でなりませんでした。しかし考えてみたら、そうした不可解な旋律を幼い頃から毎日のように耳にしてきたため、小学生の頃からジャズや少しマニアックな南米の音楽などが好きになったのだと思います。今も難解なフリージャズを聞いていると、なぜか気持ちが落ち着きますが、全ては母のヴィオラの影響でしょう。

母は朝から晩まで働いていたため、学校で企画される運動会のような家族参加のイベントに来たことはほとんどなく、子供の頃のアルバムも親子遠足では常に保育士の人と一緒に写っているものばかりです。1枚だけ、保育園の校庭でフォークダンスを踊っている私と母の写真が残っていますが、母は基本的にそのような家族参加型のイベントが苦手だったことを思い出しました。定期演奏会のプログラムには「楽器を持つと子供のことを忘れるドライママ」と記していますが、母にとっては家族のイベントよりも音楽が優先順位だったのでしょう。傍からしてみれば酷い母親ですし、今のご時世ならもっといろいろ叩かれそうですが、私は生き生きと働いている母の方が機嫌が良いのを知っていましたし、物理的に一緒にいる時間は短くても大事にされているのは十分、分かっていたので、母が学校でのイベントに不参加であってもそれに不満を感じることはありませんでした。

私は、自分の子供の育児日記をつけたことはありませんし、物質的記憶よりも頭の記憶と思っている私は子供の写真すらほとんど撮っていないので、とにかくアルバムと一緒に出てきた日記を見て、母のマメさには圧倒されました。

こうした母の文章なども盛り込んだ追悼コンサート用の写真集は、見応えも読み応えも満載の仕上がりとなりました。

＊

母は私を褒めることは滅多に、むしろまったくと言っていいくらい、ありませんでした。テストで100点を取ろうが通信簿の結果が良かろうが「ふうん、よかったね」で終わり。学校の課題で描いた絵が何か賞を取っても「この絵が賞を取るの？へんねえ」と笑われることもありました。しかし、私が家で絵を描いているとそれをそばから覗き込み「あら上手じゃない」と口にすることもありました。というより、うっかり言ってしまう、という感じだったのだと思います。

母は新聞の折り込み広告で裏面の白いものは全て抜き取って、私のお絵描き用に溜めていてくれましたし、そこに描いた絵は全て捨てずに段ボールに入れ、今に至るまで実家の物置に保管されていました。私が絵を描くのを母が楽しみにしているのが私にはよく分かっていました。母が照れ屋で人前で私たちを褒めるのが苦手なのも分かっていました。母が自分で連れて帰ってくる野良の仔犬や猫を愛おしく撫でていたり、「かわいいねえ」「お利口さんねえ」と話しかけているのを見て、私は母の愛情の深さというものを垣間見ていましたから、人前での私に対する態度が素っ気なくても平気でいられたのだと思います。

しかし、今回の追悼コンサートで、実際にお弟子さんたちの前では、私や妹のことを相当褒めていたという話をいろんな方から伺って、感慨深くなってしまいました。私がフィレンツェにいた頃に母と一緒にやってきたお弟子さんには「うちの娘は絵は上手いし、文章も面白いけれど、それで食べていくのは大変よねえ、どうしたらいいのかしらねえ」と言っていたそうです。

自分たちの知らない母といえば、私にもヴァイオリンとピアノを習わせていましたが、それはそれは厳しく、母の同僚に先生をしてもらってはいたのですが、それでも母の圧力には耐えられなくなり、5年目にして私はヴァイオリンの稽古をやめてしまいました。ところがお弟子さんたち曰く「リョウコ先生はいつでもとても優しかった」「どんなに下手でも怒ることはなかった」というではありませんか。家ではテレビのニュースを見ても、新聞を見ても、稽古をしない私に対してもガミガミ怒ってばかりいた母ですが、お弟子さんたちにはそんな気配りをしながら教えていたというのが、なんとも意外でした。

人によって捉えられ方が様々なリョウコ像ですが、皆が覚えているリョウコの口癖といえば「あなたね、もうやるしかないわよ!」。走行距離30万キロの愛車タウンエースを前のめりで運転しながらお稽古にやってきて、1時間みっちり教え込んでは、またタウンエースで嵐のように去っていく。格好は大概ジーンズにTシャツ、髪の毛を振り乱し、表情はいつも笑顔。その姿はお弟子さんたちの間でも名物になっていたようです。

私には最後まで母親らしい愛情を見せようとしなかったリョウコですが、例えば、家族とのキスとハグを欠かさないイタリア人のように、愛情を常に言語や仕草で表さなくても伝わるものだということを、彼女は体現していた人でした。

音の中に蘇る母

母の追悼コンサートを行った北海道千歳市の「北ガス文化ホール（千歳市民文化センター）」は、それまで演奏会として適したホールが一つもないという有様に悲観した母が組織した音楽教会の呼びかけによって、１９８４年に建てられました。母はとにかく音響の良いホールにしてほしい、文化をもっと重んじてほしいと強く説得し、ピアノは「これじゃなきゃ立派なホールを作った意味がない」とゴリ押しをしてスタンウェイを導入してもらいました。

そしてこの直後に、作曲家の武満徹《たけみつとおる》さんが、当時の札幌交響楽団を率いて、文化センターの大ホールで黒澤明《くろさわあきら》監督の映画『乱』の音楽の収録を行ったという出来事は、母にとっても相当嬉しい出来事だったようです。黒澤明監督本人も4日間千歳に滞在して、毎日このホールで収録に立ち会っていたと、当時ホールの事務局をやっていた人から伺いました。

自らの努力で設立できたコンサートホールで、しかも自分が所属するオーケストラの演奏で、世界的映画監督の作品のサントラの収録をする、などという体験は誰でもできるものではありません。当時フィレンツェに住んでいた私も、母からその話を聞いていたので、イタリア語吹き替えではありましたが街中の映画館に『乱』を見に行き、サントラを聞きながら「この演奏が札響で収録が千歳のホールかあ……」としみじみ感慨深くなったものでした。

文化センターができてからは、母は当たり前のようにこのホールで何度も何度もコンサートや発表会をするようになりました。ここだけではありません。温泉であろうとショッピングモールであろうと、屋外の公演であろうと、老人ホームであろうと、音楽が演奏できる機会を提供してくれる場所であれば、どこでもお弟子さんたちを率いてコンサートを行っていました。

どんなに土地の人になじみの薄いクラシック音楽であろうと、音楽家は人前で弾いてなんぼ、また聞きたいと思ってもらえる様な演奏をするのが大事、という考えが彼女にはありました。音楽の道に進みたいのであれば、まずは音楽の素晴らしさを相手に届けたいという利他性がなければならない、その為には人の前で演奏をする機会を増やす。それが音楽を教える母の理念でした。その意志を受けて、実際にソリストになったり、日本のオーケストラで活躍している元お弟子さんたちは少なくありません。

今回の追悼コンサートにはそのような過去を経て立派な演奏家となり今も活躍している元お弟子さんたちも皆集まってくれました。そこに札響時代の同僚、北海道におけるクラシック音楽への開拓意識を継いだ地元のアマチュア演奏家たちが加わり、母が敬愛していたバッハからヴィヴァルディ、母が使っていたヴィオラでの演奏など、皆さんの母への熱い思い入れによって聞く人全てを魅了するような素晴らしいプログラムが展開されました。

出演者の方はステージに上がると、いったんマイクを持って母との思い出を一言語ってくださるわけですが、母の言葉遣いを真似た仕草が皆同じで、鼻息荒く「もうあなた、やるしかないわよ！　と背中を押されました……」とたびたび繰り返されるたびに、思わず会場から笑いが吹き出してしまいました。母は、本当にどこにいても、誰の前にいても、ありのままを放出しながら生きてきた人間なんだなあ、と皆さんの話を聞くにつれ実感が増していきました。

＊

この追悼コンサートで圧巻だったのは、ラストの二曲です。出演者総勢90名を集めたオーケストラは大ホールでありながらもステージが隅から隅までいっぱいの状態となりました。最初の楽曲は、母が大好きだったアメリカの作曲家ルロイ・アンダーソンの『舞踏会の美女』ですが、金管楽器の壮大なイントロとともに舞台に下ろされていた幕が上がると、観客の目の前に大オーケストラが現れるという仕組みで、なんとミラーボールの演出も稼働。

夢と感動に満ちたドラマティックな楽曲といえば私は速攻でこの『舞踏会の美女』を思い浮かべるのですが、さすがにこの時は私も自分の中に湧き出し続ける感情を制御できなくなり、みるみる涙が溢れてしまいました。北海道という、音楽文化にまだまだ疎い土地へたった一人でやってきて、音楽がどれだけ生きていくうえでの糧になるのか、どれだけ人生を彩り豊かなものにしてくれるのか、体に溜め込みきれない情熱をいつでも横溢させていた、まさにそんな母にぴったりの一曲だと痛感したからです。

ロマンチックかつエネルギッシュな一曲に心揺すぶられた後、ラストは「威風堂々」。なんという締めくくりでしょうか。この二曲があれば、リョウコという人間がどんな人だったのかなんて、言葉での説明など意味をなさなくなるでしょう。

全てが終わった後、指揮者を務めた現音楽教会の会長さんに促され、客席から舞台に上がった瞬間、オーケストラの方たちのあらゆる感情でいっぱいいっぱいになった顔が視界に入ってきてしまい、思わず涙が噴出。指揮者も目が真っ赤になっているのを見て、更なる涙が噴出。会場を埋めるお客さんに晒すまいとしていた涙ですが、さすがに食い止められませんでした。

素晴らしい音楽の数々と、リョウコを思いながらそうした曲を奏でてくださった皆さんの気持ち、そして音楽のために命を出し惜しみなく使い切った母のエネルギーで胸がいっぱいになり、なかなか適切な言葉が出てきませんでした。私はやっとマイクを口元に上げると「こんなに感動と元気を貰える、前向きな弔いがあるのだということを知りました」とその場にいた皆さんに伝えました。いい旅行をした後。いい映画を見た後。それと同じ様に、妥協も惰性もなく授かった人間としての機能を使い切った人間が残していくものは、一生の糧となるような感動だということです。

「自分もこんな終わり方ができるような生き方をしていきます」。そう言って私は舞台を降りました。

魂はどこに宿るのか

私は想像力を糧に仕事をしているので、頭の中では毎日朝起きてから夜寝るまで様々なことを妄想しています。先述しましたが、私は今までの人生で実際に接触があり、今は他界してしまった人たちを思い出すことがたびたびあります。私にとって人の魂とは、残された人のイマジネーションの中にいつまでもその存在の気配を留めていくものなのです。

しかし不思議なことに、いまだに私の想像力の中に母の気配を感じることはありません。どうしてなのかは私にも分かりませんが、母という存在をまだ想像する必要性がそこまで無いということなのかもしれません。

追悼コンサートによって多くの人が母の死を認識し、その夜はさすがに「母はもういないんだ」という強い確信が芽生えました。それによって、やっと微かな寂しさのようなものを感じたりもしましたが、でもいまだに彼女を思って悲しくなったりするようなこともありません。潔く生きた母は、そのパワフルさ故、私に魂をイメージする余地を与えないのかもしれません。これぞ、人の命は生きている時よりも死んだ後、いかに人々の間で魂として在り続けていくかが大事、とする古代ローマ人の理想の人の命のあり方なのではないでしょうか。

＊

授かった寿命を精一杯生きる人間は、老いも堂々としたものになるでしょうし、死への意識も成熟したものとなるはずです。成熟した死を迎えた人は周りの人もそこに残された前向きなパワーとエネルギーを受領することになる。母がどんな人間だったにせよ、どんな欠陥があったにせよ、命の使い方だけは地球上のその他の生物と同じく、自然に従順だったと思います。たくさん食べ、たくさん考え、たくさん動き、そしてたくさん表現する。そしてホモ・サピエンスの特徴である、人を思いやる利他性を最大限に稼働する。このように、母が人間という特異な生き物を、身体的にも精神的にも、余すところなく機能させ、熟成させ、終わることのできた人であったことは間違いないと思います。
人間として、それこそ〝善い生き方〟の有様を見せてもらったと思っています。

母が1歳になる私を初めて保育園に預けたころに、保育士さんと交わしていた連絡帳。女の子の絵は母が描いたおそらく私の顔。絵が不得意なことを常に嘆いていたが、それでも描かずにいられなかったらしい。

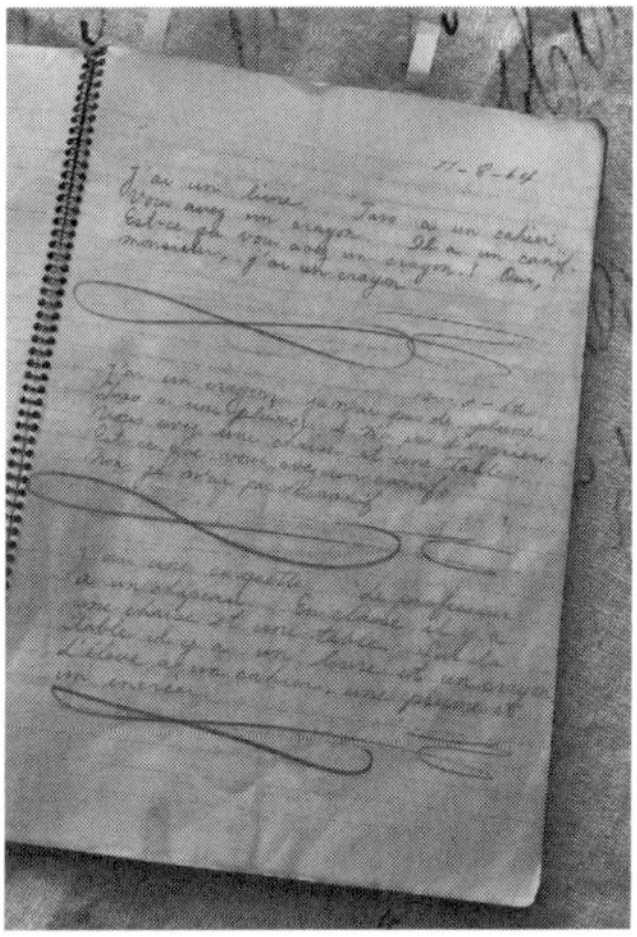

この連絡帳はもともと母がフランス語で日記を記すためのノートだったようだ。学校でフランス語を習得していた母にはフランス人のペンフレンドもいた。

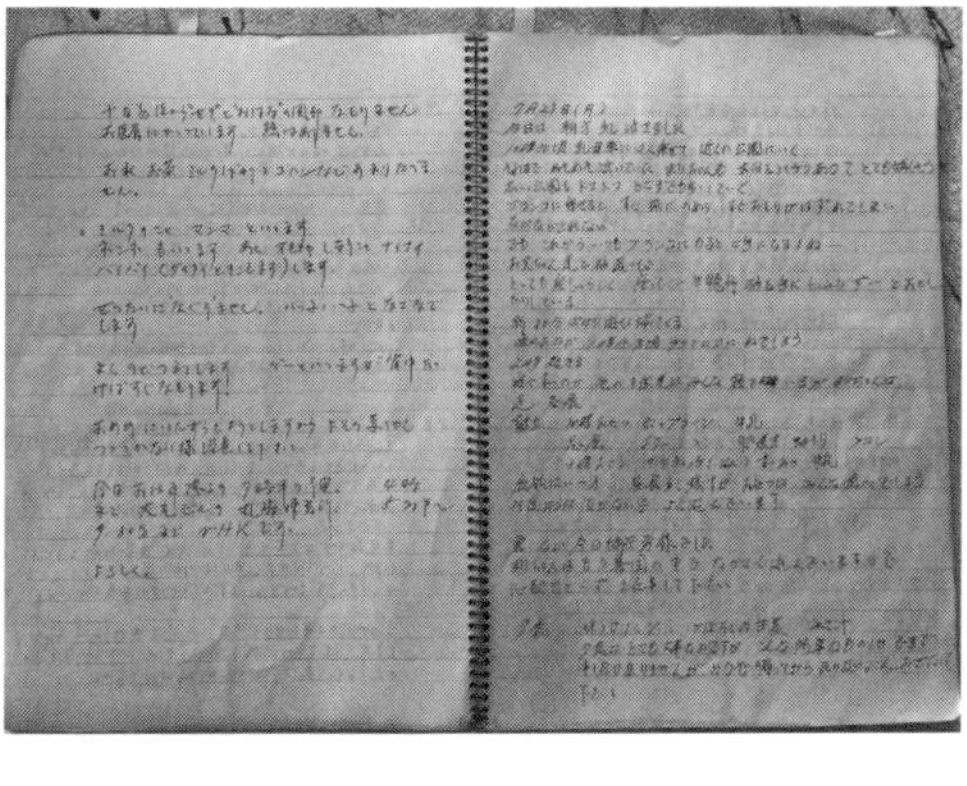

母子家庭であることも、音楽家であることも当時の日本では異端だった。そんな社会で生きる母の気張りと不安が文面から垣間見えてくる。

エピローグ

命とは、そもそも誕生した時から死に向かって稼働しています。生命とは、死までの全てのプロセスを包括した意味だということを、私たち人間はもっと子供の頃から、当たり前に考えておくべきなのではないかと思うことがあります。

私たちの暮らす日本はそういった意味では、何かと死との接触を避けて生きているところがあるようです。神道にとって死が穢れだという教えが浸透しているからかもしれませんが、その考え方ばかりに縛られていると、やはり生き長らえることが苦痛に思えてきてしまう可能性もあるでしょう。

例えばカトリック強国であるイタリアでは教会に入れば普通に過去に生きていた人々の墓石があり、キリストの生誕から死と復活が表された絵が描かれています。チベットを旅した時には鳥葬を行うという場所の近所を通りかかったので、車を止めて辺りの景色を見せてもらったこともありますが、その付近で普通に地元の子供たちが元気よく遊んでいました。川べりの岩には白いペンキでいくつもの梯子の様なものが描かれていたので、何を意味しているのかと聞いてみると、水葬された死者たちの魂が天に登るための梯子だということでした。輪廻転生を信じるチベット密教には「死者の書」という、死にゆく人をあの世へと誘う大変面白い経典があります。私も持っていますが、気持ちが悶々としている時に引っ張り出して読むと、生きるという固定観念から解放されるような、デトックスのような効果があります。彼らにとっての死は、日々経済生産性をもたらす歯車として生きる我々よりも、日々当たり前に意識の中にあるものだということを痛感させられます。

息子がネパールを旅した時には、何気なく散歩をしながら、川べりで行われている火葬に立ち会ったことがあったそうです。周りには普通に人々が行き来をしていて、その光景は生活のごく一部分として溶け込んでいたと言っていました。

日本でもご先祖さまたちを祀る仏壇や神棚をしつらえているご家庭はたくさんあるでしょう。ただ、そうした祭壇に対して私たちが手を合わせて願うのは、主に自分たちを見守っていて欲しい、という利己的欲求がほとんどであり、死者を懐かしんだり思い出す人ももちろんたくさんいるとは思いますが、死そのものの世界観を客観的に考えるきっかけになっているのかどうかは分かりません。

人類は古今東西、このように死という未知なる現象に不安や恐怖を覚えない工夫を凝らしながら生きてきましたが、死は体験者がその様子を語ってくれることもありませんし、想像力の効果で、動物たちの様に生まれた時から死と背中合わせに飄々と生きていくことができない私たちは、常に右往左往しながら、なるべく死を後回しにできる生き方を今も試行錯誤しています。

ただ、やはりたくさん生きられた方が得だという考え方や、やがては訪れる死をどう回避できるかという思惑に囚われていては、心底から清々しく生きていくことも叶わないのではないかと思います。

本書では私が最近経験をした母の死を軸に、満足のいく老齢のあり方と死との向き合い方を模索してきましたが、文章の中でも触れたようにカブトムシの潔い一生を見ていると、人間がたとえ精神性の生き物ではあっても、このくらい地球が与えてくれた条件に争わない生き方ができたらいいのに、と思う気持ちに代わりはありません。

母の死を通じて気がついたのは、人生を満遍なく謳歌し、あらゆる人としての機能と感性を使い切った人間の死は、残された人に生きていく糧を残す〝利他〟にほかならない、ということです。

要するに、その人の人生が終わることで残された人たちが、自分たちの寿命を最後まで元気に生きていこうという勇気とエネルギーを貰える、それが精神性の生き物である人間らしい命の終わり方ではないかと思うのです。

そうした前向きな人生の終わりを迎えるためにも、歳を取ることを否定してはいけません。雨風に当たりながらも経験を積んできた人間は、もっと堂々としているべきではないか、というたとえをイタリアの人々を例に上げて綴りましたが、西洋の列国と肩を並べなければという焦燥と気負いが発生する以前の日本も、そんなイタリアと同じように老齢者が生き生きと生活していたことは落語を聞けば分かりますし、現在の容赦ない高齢化を見ていると、この先もしかすると再び江戸時代のような日本人気質が戻ってくる可能性もないわけではなさそうだ、という気もしています。もちろんそれには、老人となる人たちのクオリティが問われることにはなるでしょう。

老人はいらない、社会の足手まといになる、集団自決をしたらどうだなどと豪語する声もありますが、そもそも老人という足手まといも含めたうえで成り立つものが、人間の社会というものです。合理的で無駄のない社会を人工的に作り出したところで、社会がどんなにうまく機能しても、それを司る人間の資質に不具合や欠陥が発生するのは必至です。

現在のような既得利権が蔓延るのも問題ですし、バカで空虚な老人たちが増えることを私も望んでなどいません。かといってそれに対し、高齢者の集団自決が問題解決になるとも思えません。こうした問題が発生したからには、それをどう手直しするべきか、高齢者も若い人たちもしっかりそれを自分たちの頭で考えられるよう、社会の知的水準を今より上げるところから始めるのが理想的な方法なのではないかと私は思います。

生きることとは、正直様々な試練の連続です。しかし、そうした試練を踏まえておけば、些細なことであっても幸せを感じられる感性が育まれます。死までの期間限定だとしても、生きていることは素晴らしいことだと思える日々の要素が増えていくでしょう。

命の価値観は人それぞれです。周りが決めた人間の生き方というものに翻弄されないことが、質感のある年齢を重ねていくうえで大事なことかもしれません。

何歳になろうとやりたいことがあればやってみるべきですし、自分の中に潜んでいるエネルギーを見くびらず、苦悩や悲しみも含め、命にたくさんの栄養を与えて存分に満足させてあげてください。そうすれば、きっと年齢とともに死という命のプロセスも優しく受け入れることができるようになるのではないかと思います。

いくつまで生きようと、良い死を迎えるのに大事なのは、冒頭で用いたレオナルド・ダ・ヴィンチの言葉が伝えるように、人間としての命の機能を使いこなした良き人生を体験することに尽きるのではないでしょうか。

ヤマザキマリ

漫画家・文筆家・画家。東京造形大学客員教授。1967年東京生まれ。84年にイタリアに渡り、フィレンツェの国立アカデミア美術学院で美術史・油絵を専攻。比較文学研究者のイタリア人との結婚を機にエジプト、シリア、ポルトガル、アメリカなどの国々に暮らす。2010年『テルマエ・ロマエ』で第3回マンガ大賞、第14回手塚治虫文化賞短編賞を受賞。2015 年度芸術選奨文部科学大臣新人賞受賞。2017年イタリア共和国星勲章コメンダトーレ綬章。著書に『スティーブ・ジョブズ』(ウォルター・アイザックソン原作)『プリニウス』(とり・みきと共著)『オリンピア・キュクロス』『国境のない生き方』『ヴィオラ母さん』『ムスコ物語』『歩きながら考える』『人類三千年の幸福論ニコル・クーリッジ・ルマニエールとの対話』など。

CARPE DIEM　今この瞬間を生きて

2023年 8 月 4 日　初版第一刷発行
2023年10月16日　　　第三刷発行

著　者　ヤマザキマリ
発行者　三輪浩之

発行所　株式会社エクスナレッジ
〒106-0032　東京都港区六本木7-2-26
https://www.xknowledge.co.jp/
問合先　編集 TEL.03-3403-6796　FAX.03-3403-0582
販売 TEL.03-3403-1321　FAX.03-3403-1829
info@xknowledge.co.jp